深夜食堂

17

安倍夜郎

菜單

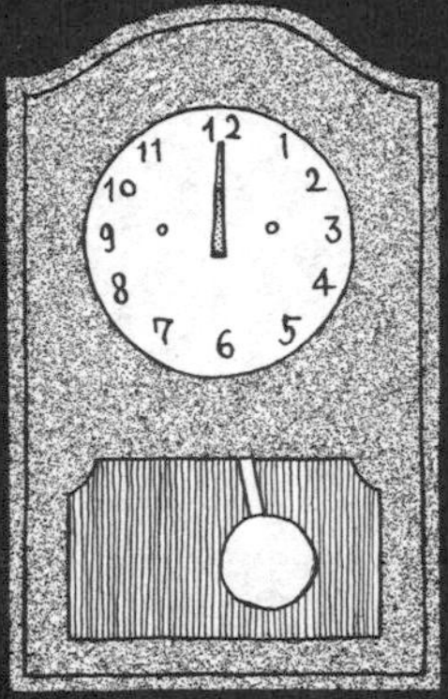

深夜0時

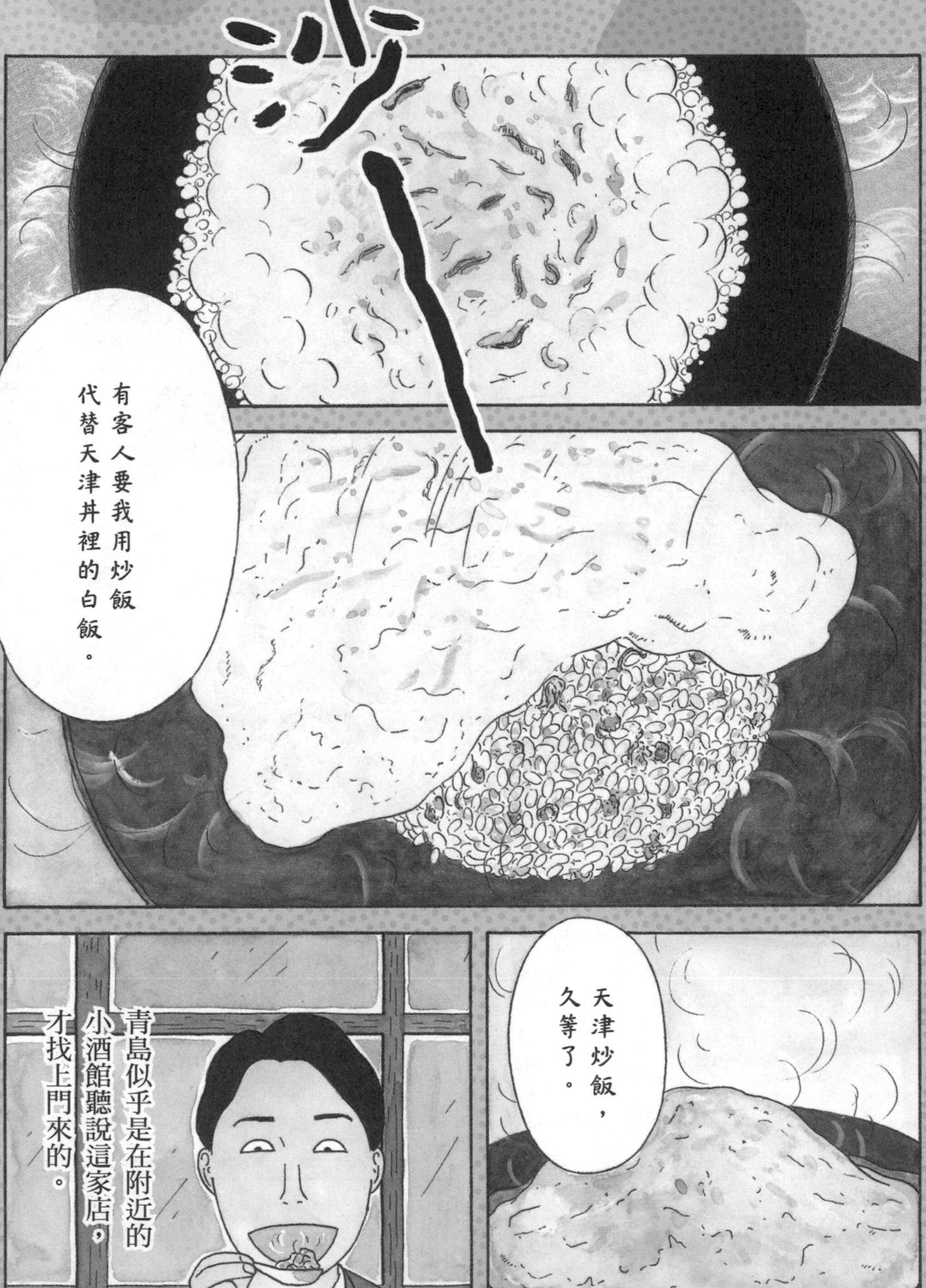
有客人要我用炒飯代替天津丼裡的白飯。
天津炒飯，久等了。
青島似乎是在附近的小酒館聽說這家店，才找上門來的。

第 226 夜 ◎ 天津炒飯

我第一次做天津炒飯。
我想起昨天女朋友在Skype上說她星期天吃過，就突然想吃。
Skype？
用電腦打的視訊電話啦。
你跟女朋友是遠距離戀愛嗎？
嗯，我的未婚妻在京都。
京都啊……很近啊。我的在俄羅斯呢。
已經三年了吧……一年只能見一兩次。
只見一兩次不寂寞嗎？
千紗的男朋友……在俄羅斯嗎?!

當然寂寞啊，但沒辦法……老闆，我也要天津炒飯。
好。
他們都在談遠距離戀愛，彼此聊得投機，吃完後就另找地方喝酒去了。
HOTEL
TEL 69
HOTEL
這樣果然不太好吧。
嗯……忘了今晚的事吧……
既然這樣，就再做一次？
好！

三週後——
めし
那個……千紗小姐後來有再來過嗎？
一陣子不見，剛剛才來過，還吃了天津炒飯。
咦，這樣啊？
她說一月會去俄羅斯看男朋友。青島你呢？
年底要回鳥取的老家，預計一月三號去京都見女朋友。
一月的京都啊，真不錯。
過完年後——
哎呀，去俄羅斯啦?!

嗯，我男朋友在俄羅斯。
咦，這樣啊。
如何？
當然很甜蜜，但……他好像還得再待兩年。
這樣啊。
請給我天津炒飯。
喀啦
好。
我也要一份天津炒飯。
啊?!
千紗小姐?!

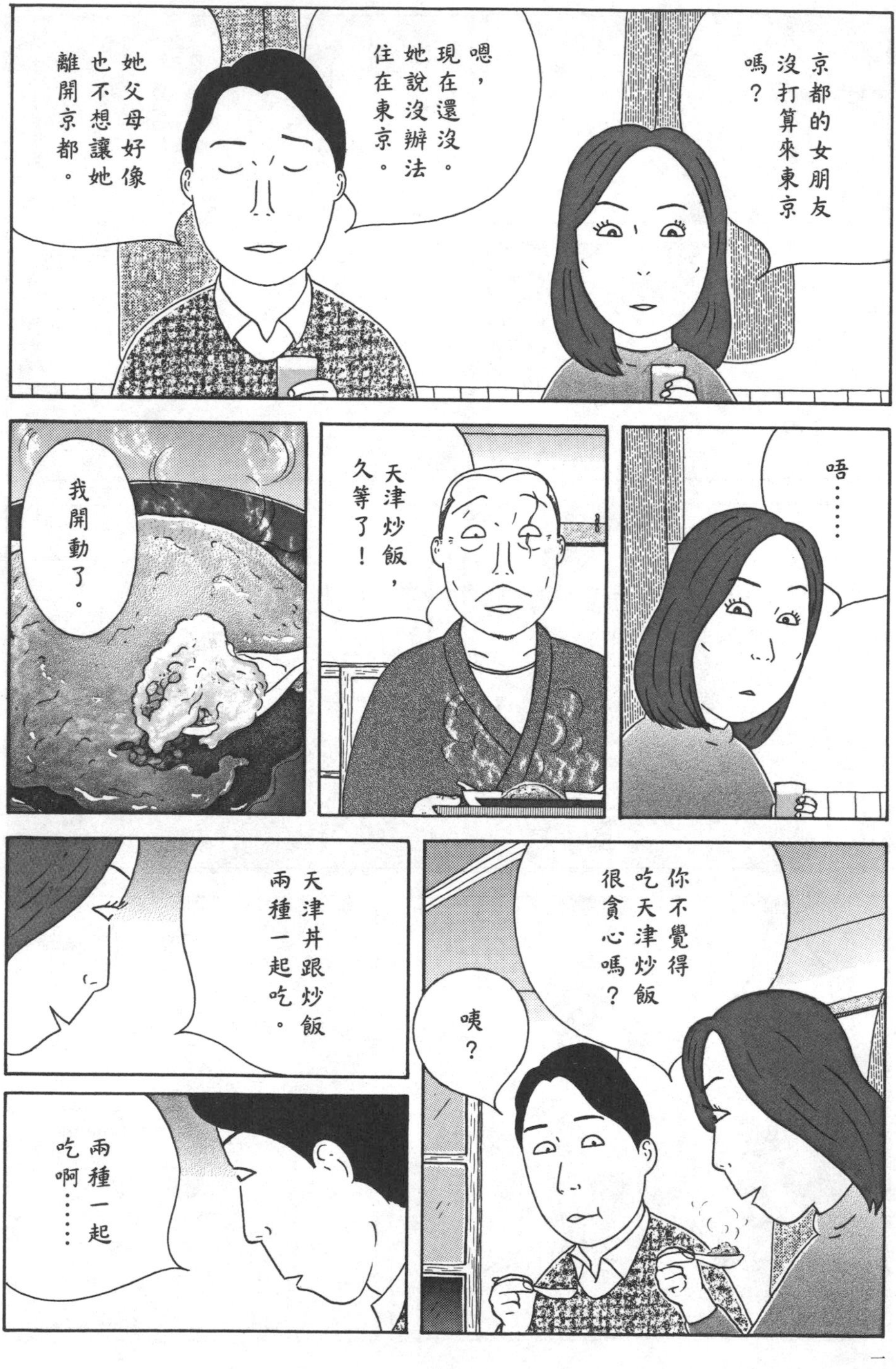
京都的女朋友沒打算來東京嗎？
嗯，現在還沒。她說沒辦法住在東京。
她父母好像也不想讓她離開京都。
唔……
天津炒飯，久等了！
我開動了。
你不覺得吃天津炒飯很貪心嗎？
咦？
天津丼跟炒飯兩種一起吃。
兩種一起吃啊……

是吧！嘻嘻……
兩人一起離開後——
咚！
咚！
那兩人好上了吧。
……
四月——
晚安。
晚安。
♫
青島哲郎
080XXXXXXX
從京都回來了？咦，現在？可以是可以啊。

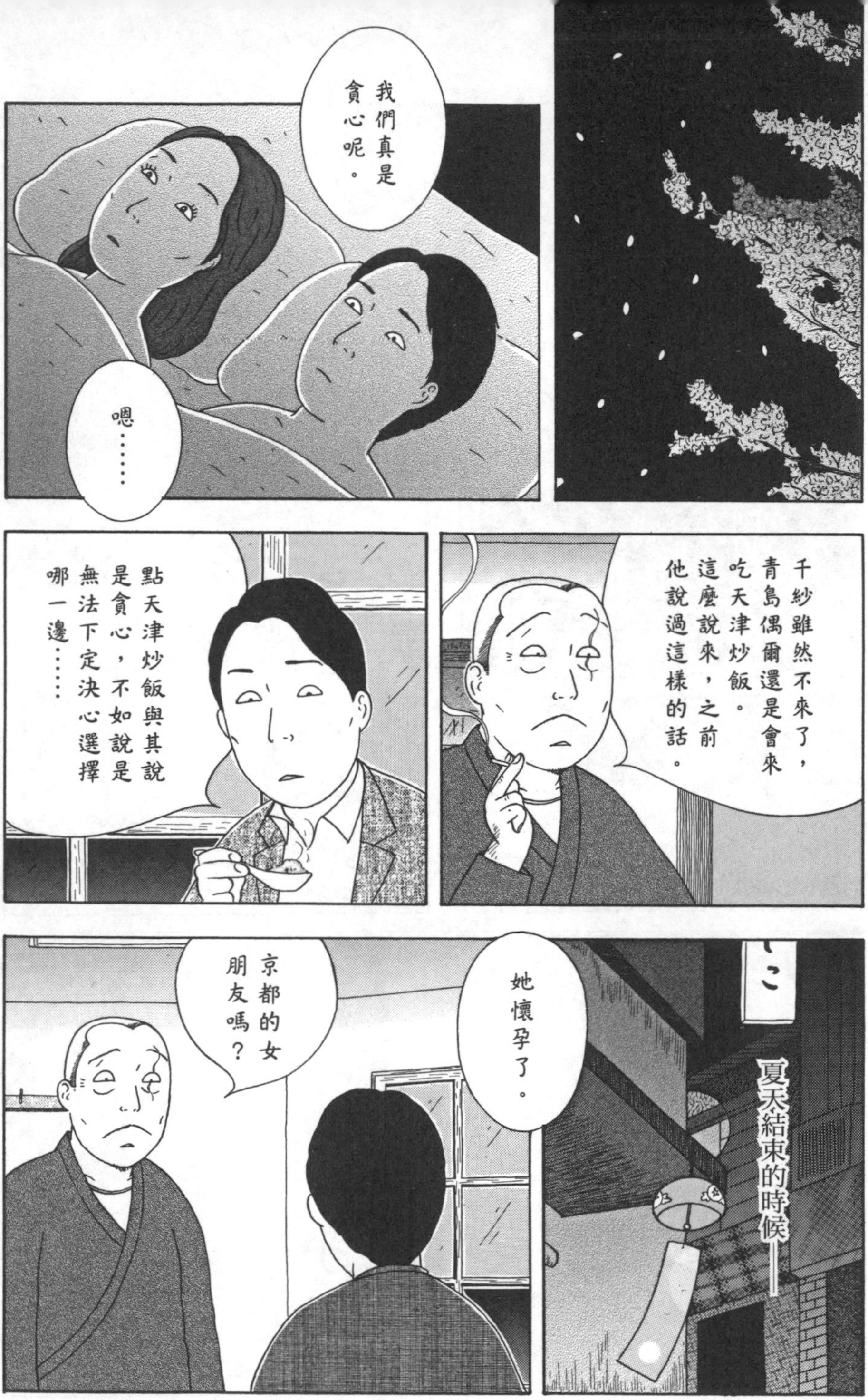
我們真是貪心呢。
嗯……
千紗雖然不來了，青島偶爾還是會來吃天津炒飯。這麼說來，之前他說過這樣的話。
點天津炒飯與其說是貪心，不如說是無法下定決心選擇哪一邊……
夏天結束的時候——
她懷孕了。
京都的女朋友嗎？

咦?!你知道啊?
不是……
是千紗嗎?
有察覺到。千紗怎麼說?
她說想生……也已經跟在俄羅斯的男朋友分手了。
你要怎麼辦?
我也想啊,但是未婚妻……
兩週後,青島的未婚妻突然到東京來了。
めし

她跟想像中不太一樣。
對不起。
?!
靜香喜歡上哲郎以外的男人了。我忍耐不住遠距離戀愛……
對不起，請原諒靜香……嗚嗚……
呃……
沒關係……只要靜香幸福就好。
真敢說呢，青島！
事情就這樣告一段落了。
換個話題……我個人覺得天津丼還是普通的白飯比較適合。

第227夜◎豬肉烏龍麵

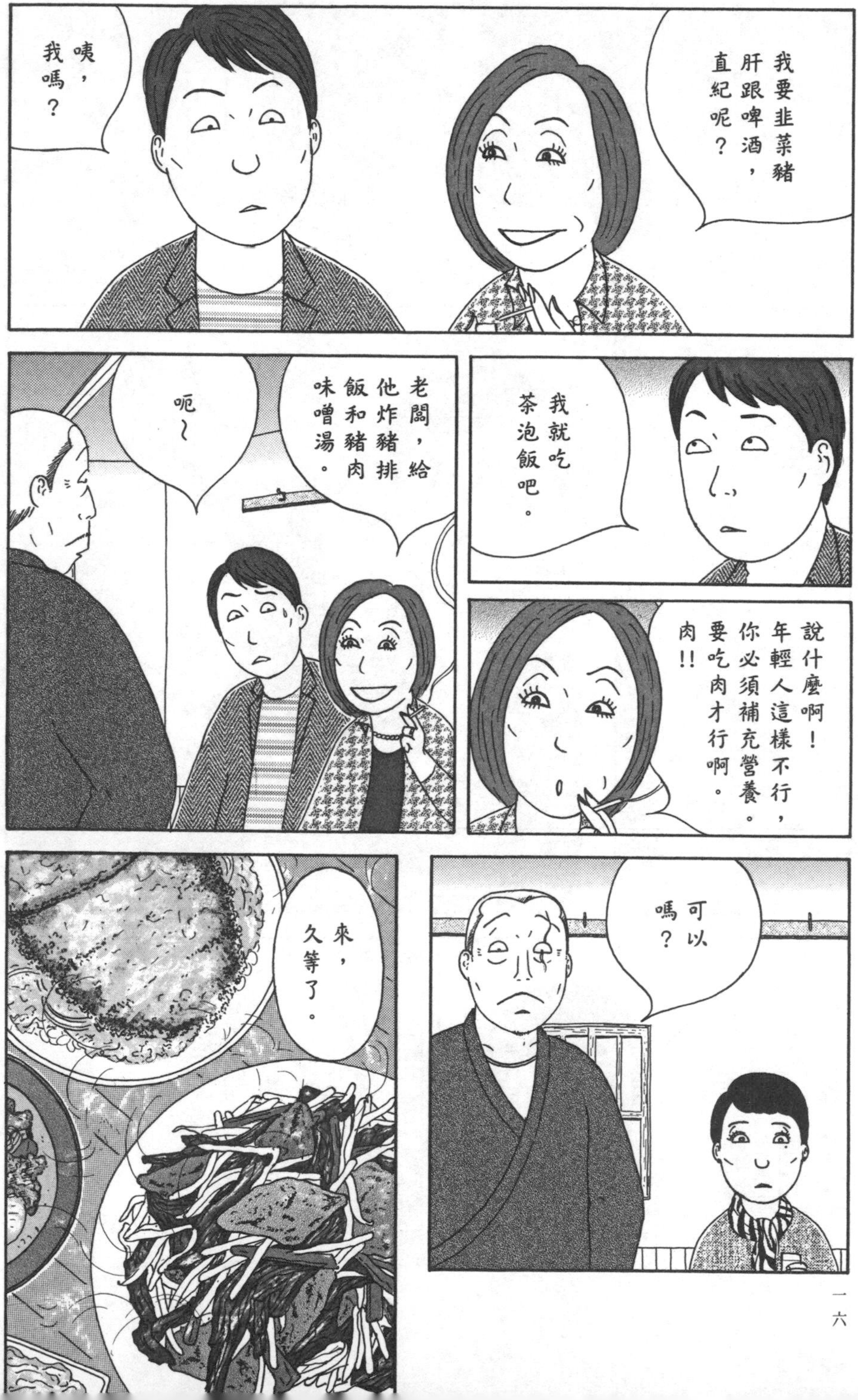
我要韭菜豬肝跟啤酒，直紀呢？
咦，我嗎？
我就吃茶泡飯吧。
老闆，給他炸豬排飯和豬肉味噌湯。
呃～
說什麼啊！年輕人這樣不行，你必須補充營養。要吃肉才行啊。肉!!
可以嗎？
來，久等了。

兩人離開後──
他們是我那裡的常客。
敦子小姐是歌舞伎町賓館的櫃臺人員。
最近這種中年女人配年輕男人的情侶很多，尤其是白天。
唔。
據說櫃臺人員看得到外面，但外面的客人看不到裡面。
豬肉味噌湯定食 六百圓
啤酒（大）
喀啦
敦子，抱歉讓妳等了。
歡迎光臨。
我也不好說別人就是啦。
老闆，我要豬肉烏龍麵。
我也要。
好。

豬肉烏龍麵最近很受好評，配料是豬肉和蔥，高湯清淡，只用柚子胡椒提味。
呼
呼
呼
敦子小姐在兒子大學畢業離家後就離婚了。她前夫外遇又暴力相向，情況非常嚴重。現在她跟酒保阿健同居。
嘶
嘶
嘶
嘶
兩人工作結束後偶爾會在店裡碰面，吃一碗豬肉烏龍麵。
柚子胡椒真不錯。
嗯，鼻子。
敦子比他大一輪，但兩人處得很好。

十天後——
めし
嗞
嗞
嗞
要不要再來一點？
你真的很喜歡這裡的烏龍麵呢。
那我就不客氣了……
我這樣就夠了，你請吃。
……
嗞
嗞
嗞
多謝招待。
晚安，路上小心。

那樣真好。
嗯。
剛剛出去的爺爺跟婆婆常來嗎？
喀啦
這是第三次吧。
他們最近常來休息。
咦，不是夫妻啊？
夫妻才不會特別上賓館啦，都一把年紀了。
唔……
還真厲害。

這有什麼好感嘆的。聽我說，今天我兒子來賓館，還是跟年紀比他大的女人。
很厲害啊。
夠了，還是大學生耶！要是被玩弄了怎麼辦啊？
你覺得我該怎麼辦？
什麼事都經歷一下比較好啊。
說到給建議的話，大概就是「一定要避孕」吧。
知道了！我傳簡訊給他。
她兒子會很驚訝吧。半夜母親傳簡訊叫他一定要避孕。

一個月後——
シェーン
他作夢也想不到母親會坐在賓館櫃臺後面吧。在那之後，她兒子好像每週跟那位女性上一次賓館。都是由女性付帳。
呼
呼
嗞
嗞
嗞
令郎的女朋友是怎樣的女性？
嗞
嗞
嗞
雖然是美人，但好像有點隱情。
真好，有隱情的美人！
說什麼啊。
過了不久，敦子小姐就知道了那位女性的身份。

話雖如此，
其實是偶然知道的——
她去朋友介紹的美甲沙龍，
碰到了那位女性。
我……現在跟小一輪的男友同居。
這樣啊，真好。
然後呢，
她提到了令郎的事嗎？
沒有……但她說了這樣的話。
她就說其實她的男友也比她小。

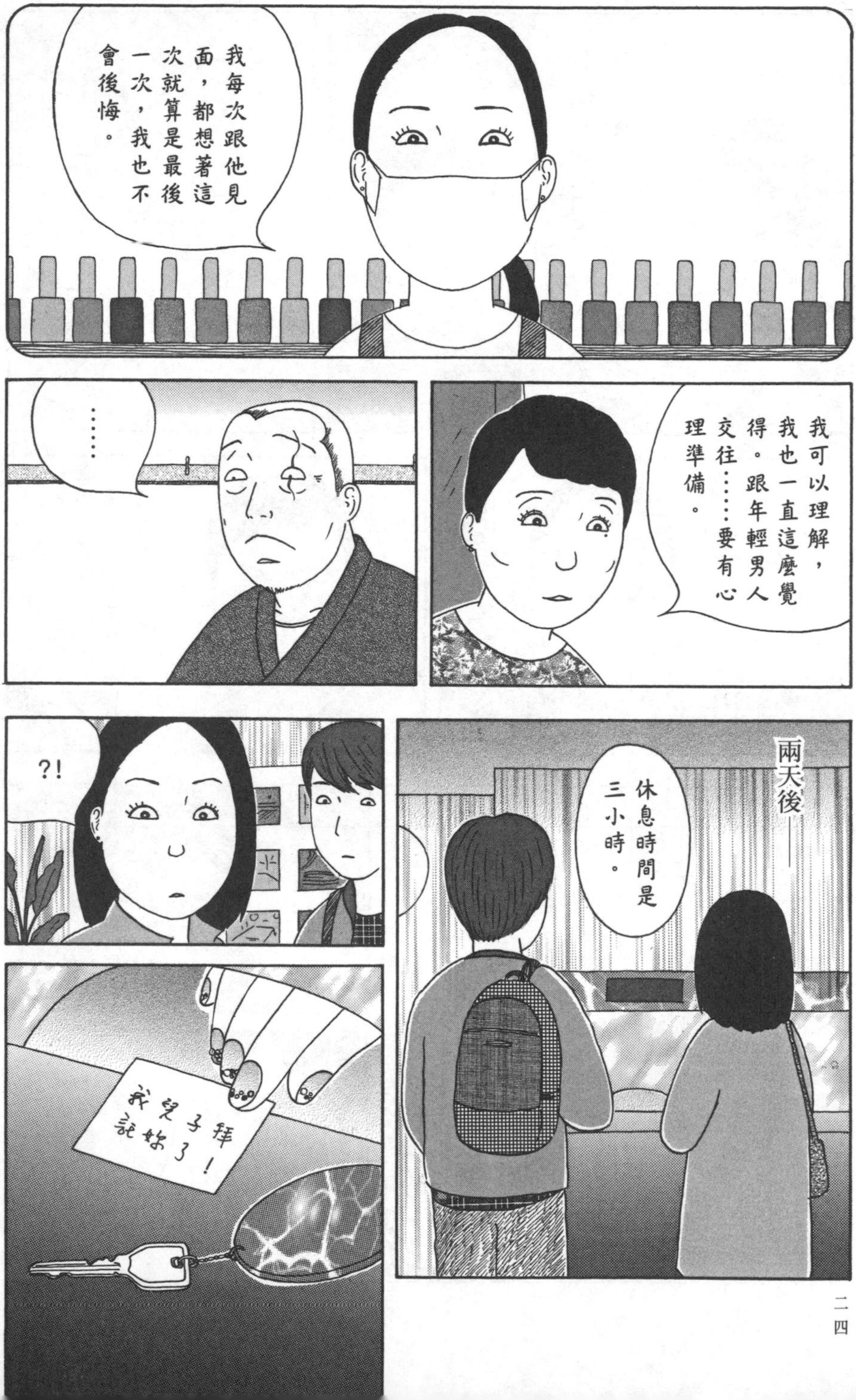
我每次跟他見面，都想著這次就算是最後一次，我也不會後悔。
我可以理解，我也一直這麼覺得。跟年輕男人交往……要有心理準備。
……
兩天後——
休息時間是三小時。
?!
我兒子拜託好了！

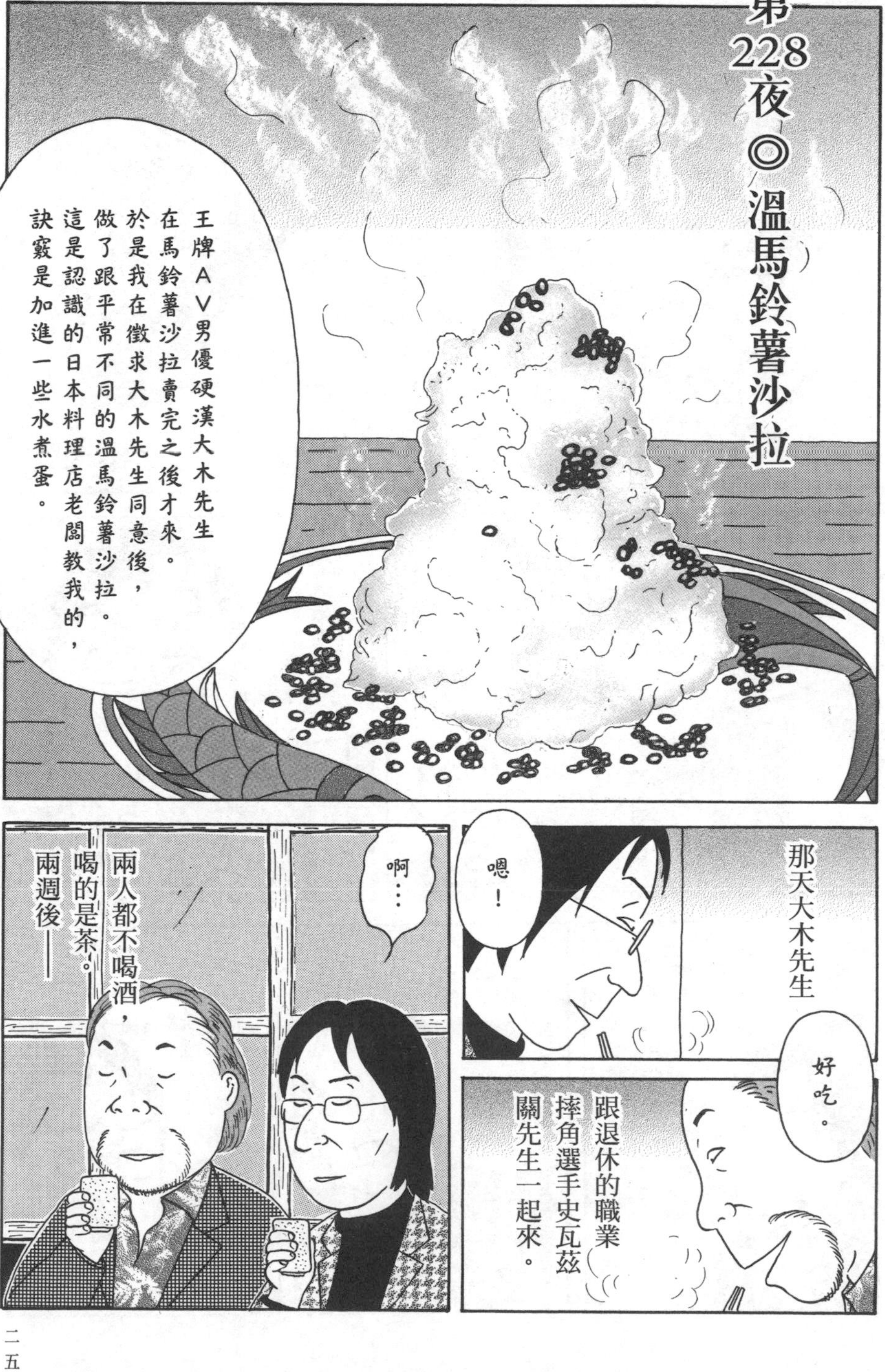
第228夜◎溫馬鈴薯沙拉
王牌AV男優硬漢大木先生在馬鈴薯沙拉賣完之後才來。於是我在徵求大木先生同意後，做了跟平常不同的溫馬鈴薯沙拉。這是認識的日本料理店老闆教我的，訣竅是加進一些水煮蛋。
那天大木先生
嗯！
好吃。
跟退休的職業摔角選手史瓦茲關先生一起來。
啊…
兩人都不喝酒，喝的是茶。
兩週後——

體育版
王牌 AV 男優
硬漢大木
引退?!
活躍於AV(成人影片)
傳說中的一線王牌男
硬漢大木(53)先生
前日突然消失無蹤
此事震驚AV業
近日網路上流
許多關於大木
引退的謠言
甚囂塵上
看了報紙嗎?大木先生……
喀啦
嗯,我們正在講呢。
大木先生到底怎麼了啊?
兩週前他才跟摔角選手史瓦茲關先生來過。
咦?!史瓦茲關跟大木先生很熟嗎?

他們雖然不同校，但在秋田念中學時在同一個道場。
我們都練柔道！
是啊。
大木先生果然是專練寢技1？
忠先生說什麼啊，硬漢的專門是立技啦！
你們在扯什麼啊？他沒提引退的事嗎？
沒有，那時他很開心地說：「大師真厲害」。
嗯。
喀啦

1 柔道技巧，這裡語帶雙關，下文立技亦同。

大木先生怎麼了啊……
又來了。
那天店裡全是大木先生的粉絲。
以後我要靠什麼活下去啊……
這是我的聖經啊。
硬漢大木
48招

我也有那本書。
我也有。
我也有。
我也有。
我也有。
我正在重看。
……
老闆，做溫馬鈴薯沙拉吧。
之前大木先生來的時候做的。
那是什麼?!
難道是……
我也要。
給我那個。
我也要。
這裡也要。
我也要。
我也要。
結果我替大家做了溫馬鈴薯沙拉，可見大木先生多有魅力啊。

一個月後——
事情大條了。
DVD出租店跟書店都推出了硬漢大木特區，聽說舊的AV也要重出了。
他是拜大木先生為師的AV男優挺立田中。
他也沒跟你聯絡？
沒有，打電話也沒人接，大木先生的私生活本來就是個謎。雖然不如全盛時期但他還有工作，怎麼突然就……
大木先生到底怎麼啦？
網路上有人說在四國看到他去參拜八十八箇所[2]。
南無大師遍照金剛

2 位於四國的八十八所寺廟。

大木先生在修行嗎？
還有謠言說他跟超級美女去了夏威夷，也有傳聞在北海道的牧場見到他……
喀啦
?!
史瓦茲先生……歡迎光臨。
我退休好像讓大木受了不小的刺激……

大木先生一直以關先生為傲，常說我的好友是了不起的傢伙，只要看見他站在台上，就覺得自己還能幹下去。
……
男人過了顛峰時期就會時常考慮引退，雖然也有人堅持要做一輩子啦。
大木先生有跟關先生說過要退休的事嗎？
沒有……
不過……他說過夢見自己在現場硬不起來，半夜被嚇醒。
……

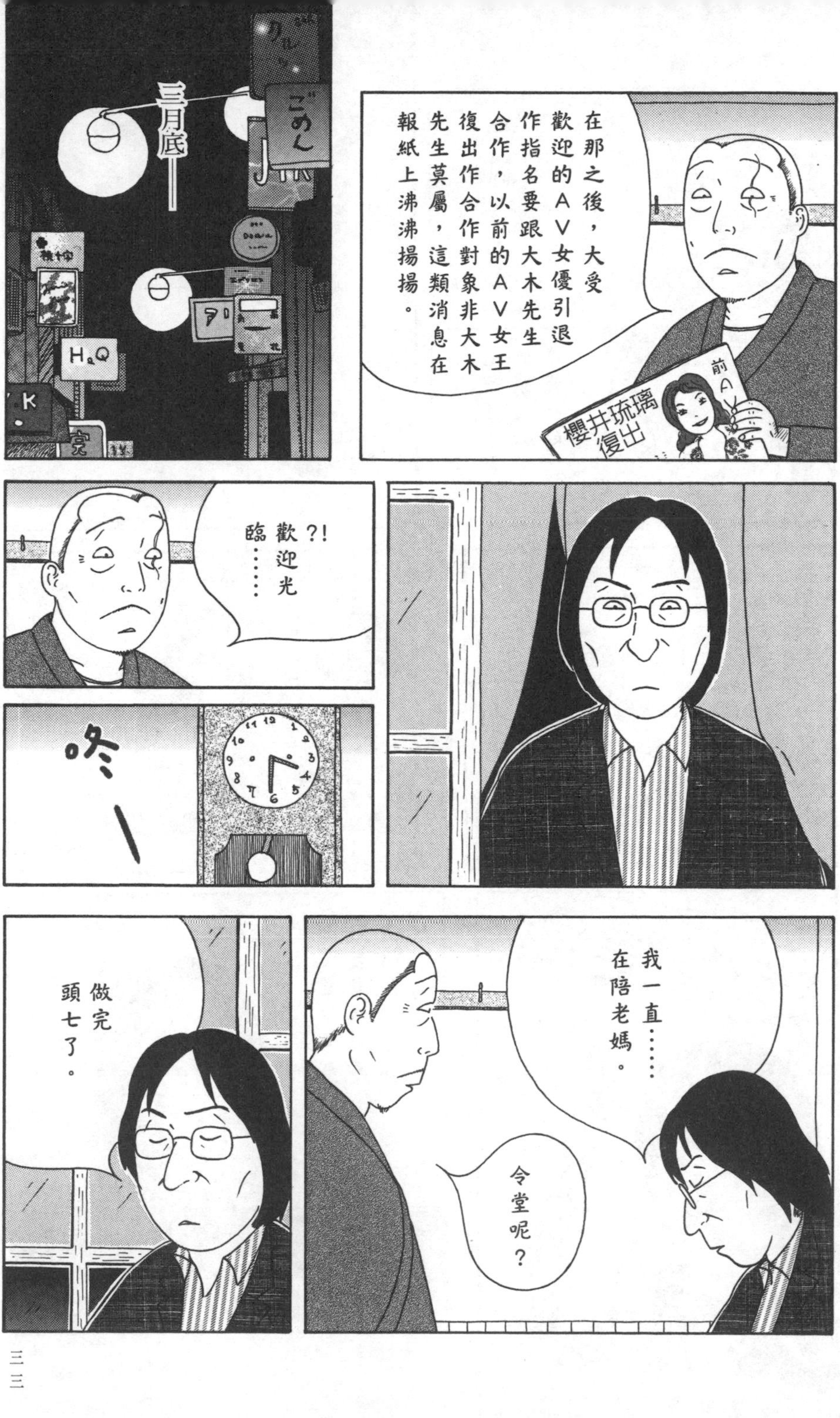
在那之後，大受歡迎的AV女優引退作指名要跟大木先生合作，以前的AV女王復出作合作對象非大木先生莫屬，這類消息在報紙上沸沸揚揚。
前AV
櫻井琉璃復出
三月底
ごめん
?!歡迎光臨……
咚－
我一直……在陪老媽。
令堂呢？
做完頭七了。

大木先生在秋田的老家待了三個月，陪在母親身邊替她送了終。
媽媽。
太好了，能跟妳最喜歡的哥哥在一起……
嗚嗚嗚嗚嗚……
大木先生，要馬鈴薯沙拉嗎？
嗯。
今天要平常那種，跟我老媽做的很像的……
三個月
王牌
大木
前AV
櫻井
復出
最強
現役
硬漢復活
53歲!!!
宣布終生不退

第229夜◎高野豆腐
「小時候討厭的東西，長大以後可能會喜歡呢。」美和子小姐這麼說後，點了煮高野豆腐。
最近漸漸吃出滋味來了，可能是年紀大了吧。
在說什麼啊，妳還這麼年輕。對了，現在是不是還參加相親活動啊？

美和子是公司櫃臺小姐，本來好像不想結婚，但她漸漸討厭起公司女同事們的鉤心鬥角，三十五歲後開始相親。
很多人想認識我，都先跟他們見面再說，因為我打算在三十七歲的春天前結婚。
?!
這邊是萬年相親不順，各位熟悉的茶泡飯三姊妹。
女人過了三十五相親不容易啊。
對！對方不是離過婚，就是從沒交過女友。
好男人早被挑走了，剩下的都沒好貨。
哎喲，還是有條件好規格高的人喔。要不然我也不會跟他們見面。
哼！

喀啦
歡迎光臨。
啊！
啊，先前承蒙關照。
八郎認識美和子嗎？
不是，那個…
是婚姻介紹所介紹認識的，可惜沒緣分。
阿八瞞著我們在相親？

明明一直在心裡恥笑我們。
反正一定被拒絕了吧?!
要妳們雞婆啊!我也想結婚啊。
不好意思,請問是小學五年級時轉學到杉並的西田小學來的高野美和子同學嗎?
?!
我、我是跟妳同班的辻本喜一郎。
嗯?!……我是啊。
妳……記得嗎?
難道是班長辻本同學?
我就是!

辻本是八郎大學時的朋友。他見到美和子突然興奮起來，自己一個人嗨得要命。美和子六年級時就搬家了，他們已經二十四年不見。
年底時我跟念同一所國中的傢伙一起喝酒，聊起小學的時候喜歡誰，大家都說喜歡高野同學。
咦？
真的是格外耀眼啊。
好過份。
就是有這種人。那你算什麼？
啊，我能跟高野同學一起拍張照嗎？
是可以啊……但跟我拍好嗎？
八郎，交給你啦。好好拍喔！
咦?!

來，Cheese！
喀嚓
一週後——
めし
辻本這個笨蛋！明明默不作聲就好，非要拿照片去跟同學炫耀，結果大家都想跟高野同學見面，他們要一起追高野小姐啦。
唔，辻本也單身嗎？
嗯，雖然好像有女朋友。
他說要是能跟高野小姐交往，就立刻跟女友分手。
什麼跟什麼啊?!

那些人裡好像有已婚者也有同樣想法。
對以前的女神念念不忘啊。
十天後，追求美和子的成員在聚會後一起過來了。
一點都沒變啊。
嗯……
我胸口都發緊了。
我也是。
二十五年前的某天，高眺的美少女突然轉學過來。
少年們瞬間墜入情網，年輕的心靈肯定飽受衝擊吧……

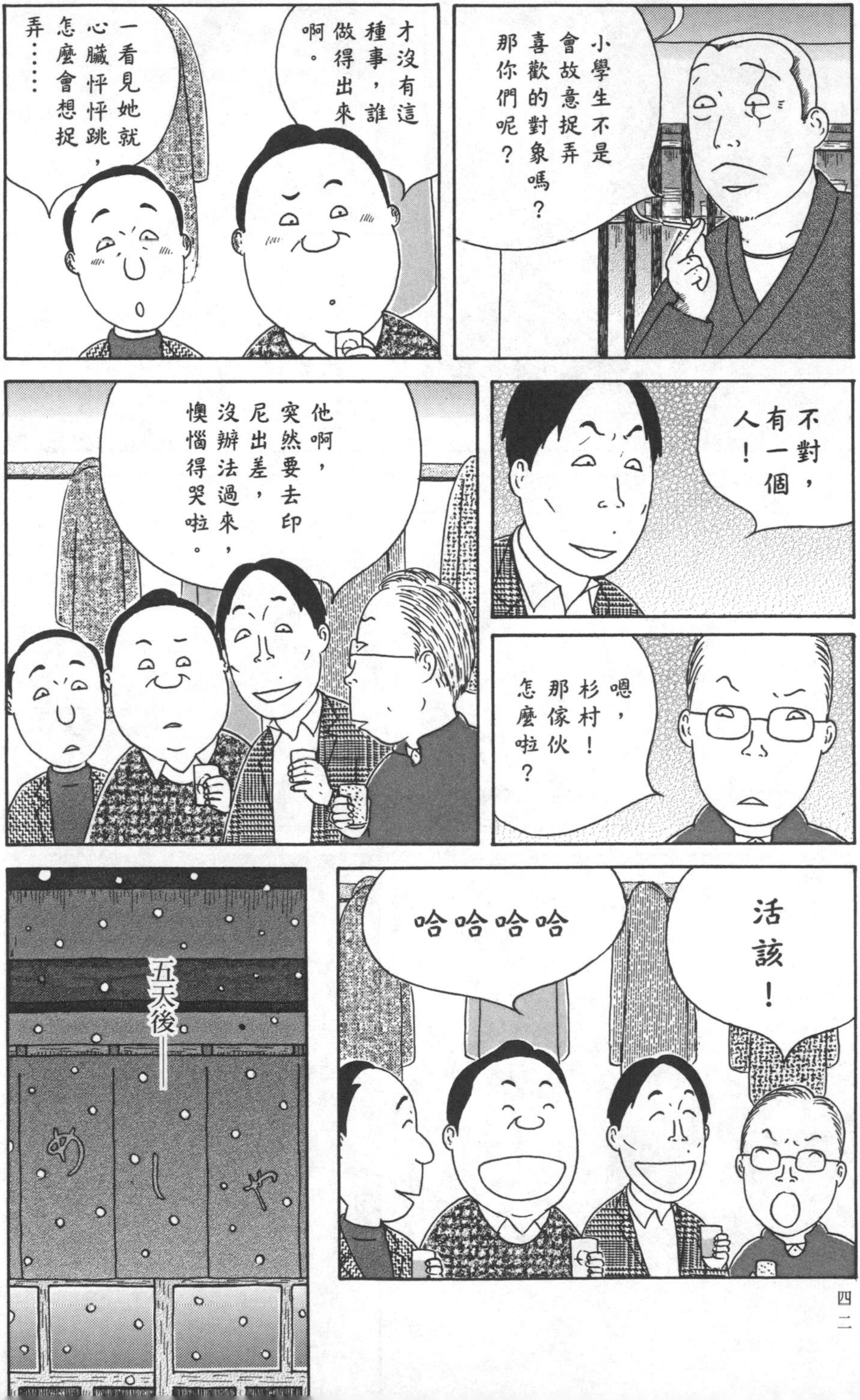

小學生不是會故意捉弄喜歡的對象嗎？那你們呢？
才沒有這種事，誰做得出來啊。
一看見她就心臟怦怦跳，怎麼會想捉弄……
不對，有一個人！
他啊，突然要去印尼出差，沒辦法過來，懊惱得哭啦。
嗯，杉村！那傢伙怎麼啦？
活該！
哈哈哈哈
五天後——
めしや

上次聚會如何啊？
以前的事情大家都記得好清楚，我幾乎都不記得了……
只記得一個叫杉村的男生，他常常捉弄我。
運動會跳土風舞的照片被登在報紙上，那時我跟杉村一起跳，被大家取笑了。
之後他就開始不理我，不然就是故意捉弄我……
其實他喜歡美和子吧。

半年後——
うみ
高野同學跟杉村那傢伙訂婚啦！
這樣啊。
誰叫你要把聯絡方式告訴他。
唉，同學們都怪我。
杉村說一定要為以前的事跟美和子道歉，哭著求辻本把聯絡方式告訴他。
高野同學明明說過她不知道怎麼跟杉村相處。
這麼說來……美和子說過這樣的話。
小時候討厭的東西長大以後可能會喜歡呢……

第230夜◎鰤魚蘿蔔
不乖的時候
請打我吧
我好想成為
你喜歡的
你喜歡的女人
哈哈。
芽衣子小姐戀愛了吧？
咦?!
芽衣子小姐在KTV唱〈愛情奴隸〉時就是有喜歡的男人啦！

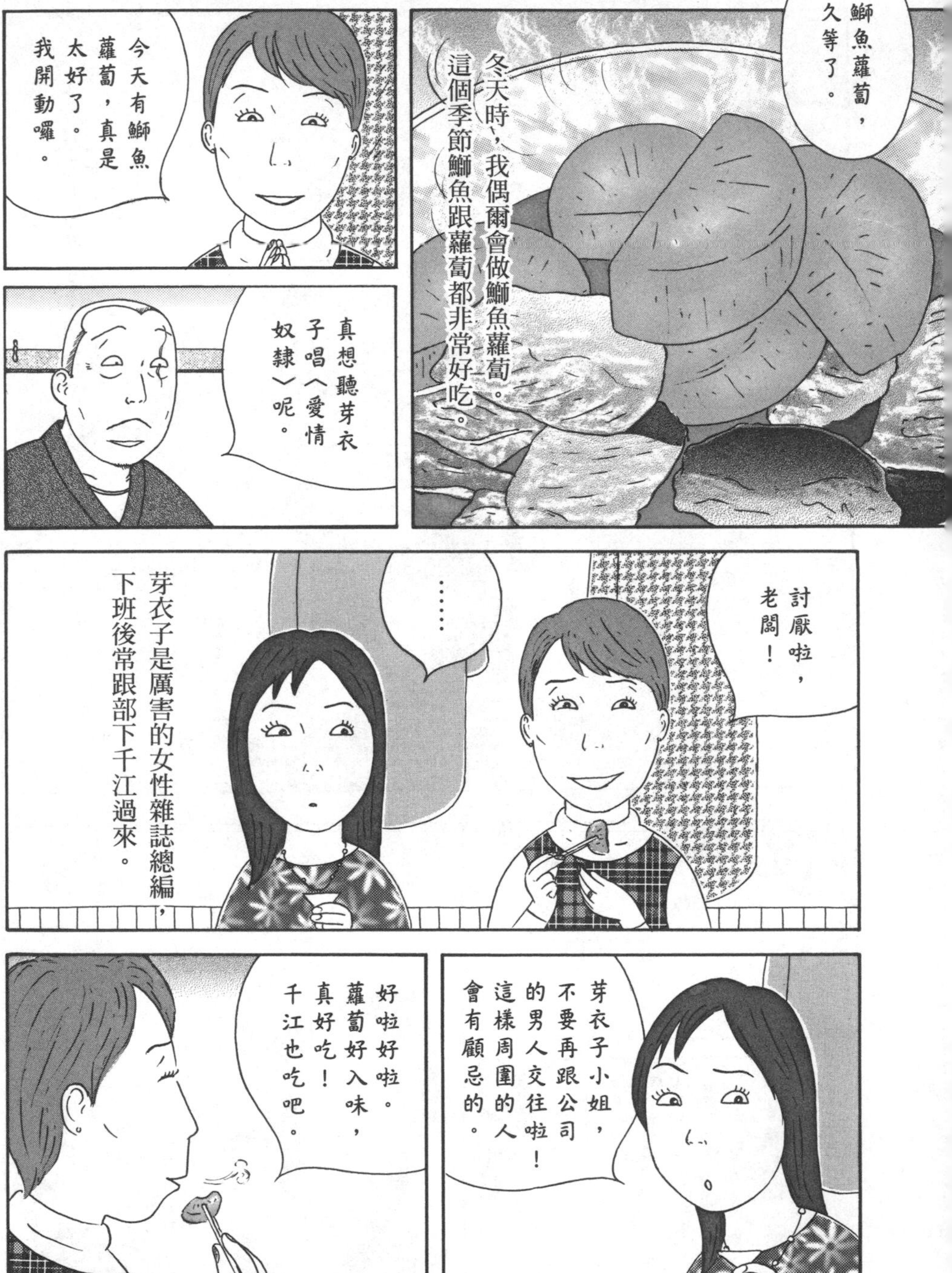

鰤魚蘿蔔，久等了。
冬天時，我偶爾會做鰤魚蘿蔔。這個季節鰤魚跟蘿蔔都非常好吃。
今天有鰤魚蘿蔔，真是太好了。我開動囉。
真想聽芽衣子唱〈愛情奴隸〉呢。
討厭啦，老闆！
……
芽衣子是厲害的女性雜誌總編，下班後常跟部下千江過來。
芽衣子小姐，不要再跟公司的男人交往啦！這樣周圍的人會有顧忌的。
好啦好啦。蘿蔔好入味，真好吃！千江也吃吧。

我好想成為——
你喜歡的
你喜歡的女人
……
兩人離開後——
歡迎光臨。
喀啦
老闆，好久不見。
咦？
是我啦，新井。
啊，是新井啊！

剛才芽衣子還在呢。
喔？
她還好嗎？雖然是同一家公司，部門不同就見不到。
新井是芽衣子的第二任老公。
他老了好多，我一下子沒認出來。
芽衣子與其說沒變，不如說是變年輕了。好像跟年輕男人再婚了吧。
她跟那個人前年就分手啦。
?!
這樣啊。
吸取年輕男人的精氣，
變得越來越年輕，跟鰤魚蘿蔔的蘿蔔有點像啊。

這麼說來，新井以前也是生氣勃勃的鰤魚啊。
嗯，當時我也油脂豐富呢！現在已經乾巴巴啦。
一週後
めし
老闆你聽我說，芽衣子小姐又對公司的男人出手了。
油脂豐富的年輕男人嗎？
對！比我大一歲的前輩。
那個人去年離婚後，就成了大家的目標。

千江不是有男朋友嗎？
有是有，但那個人是帥哥，還是個富二代，超優物件啊。
還超優物件呢……
下雪的那一天，芽衣子帶著那個超優物件來了。
まねき通り
スナック
來。
鰤魚蘿蔔，久等了。

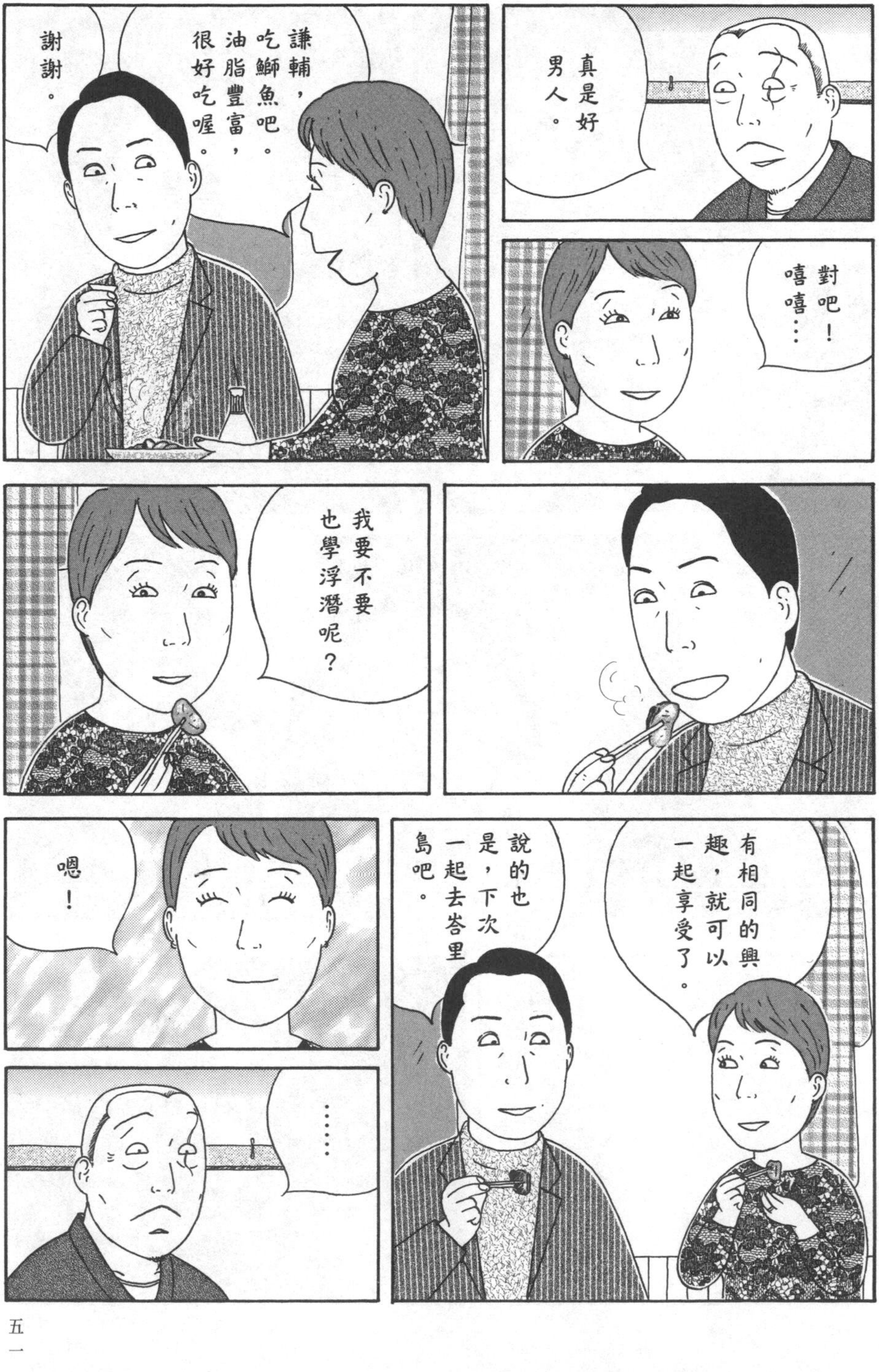
謙輔，吃鰤魚吧。油脂豐富，很好吃喔。
謝謝。
真是好男人。
對吧！嘻嘻……
我要不要也學浮潛呢？
有相同的興趣，就可以一起享受了。
說的也是，下次一起去峇里島吧。
嗯！
……

我只想聽你說
我有多可愛
把我變成你喜歡的樣子
我好想成為
你喜歡的
你喜歡的女人
季節更迭，又到了冬天……
SHOU CHAN
Bar 不二
BAR Don't
她使出那招，一下子就淪陷啦。

一下子就淪陷了。
真是不可思議。雖然不是「愛情奴隸」，一開始她還百依百順，但不知從什麼時候開始……
她成了女王，我反而像奴隸一樣。
是啊。她就是那種女人。
老闆，今天的鰤魚蘿蔔不怎麼樣啊。
是嗎？鰤魚的脂肪不夠豐富吧。

一週後
めしや
千江妳男友怎麼樣啦？拖拖拉拉都交往八年了。
嗯，是啊……
要是沒搞頭，快點另找對象比較好吧。
芽衣子小姐真是當機立斷。
當然啦，幹嘛浪費時間。
芽衣子安份了好一陣子。初春時，千江一個人來的時候這麼說過。
芽衣子小姐最近又在唱〈愛情奴隸〉，公司上下都一片譁然啊！

第231夜◎鶴鶉蛋肉丸

能做包著鶴鶉蛋的肉丸嗎？
西崎不知道在哪裡喝醉了，進來店裡時這麼說。
不好意思，沒買鶴鶉蛋。
就知道會這麼說，噹噹！我買了鶴鶉蛋來啦。

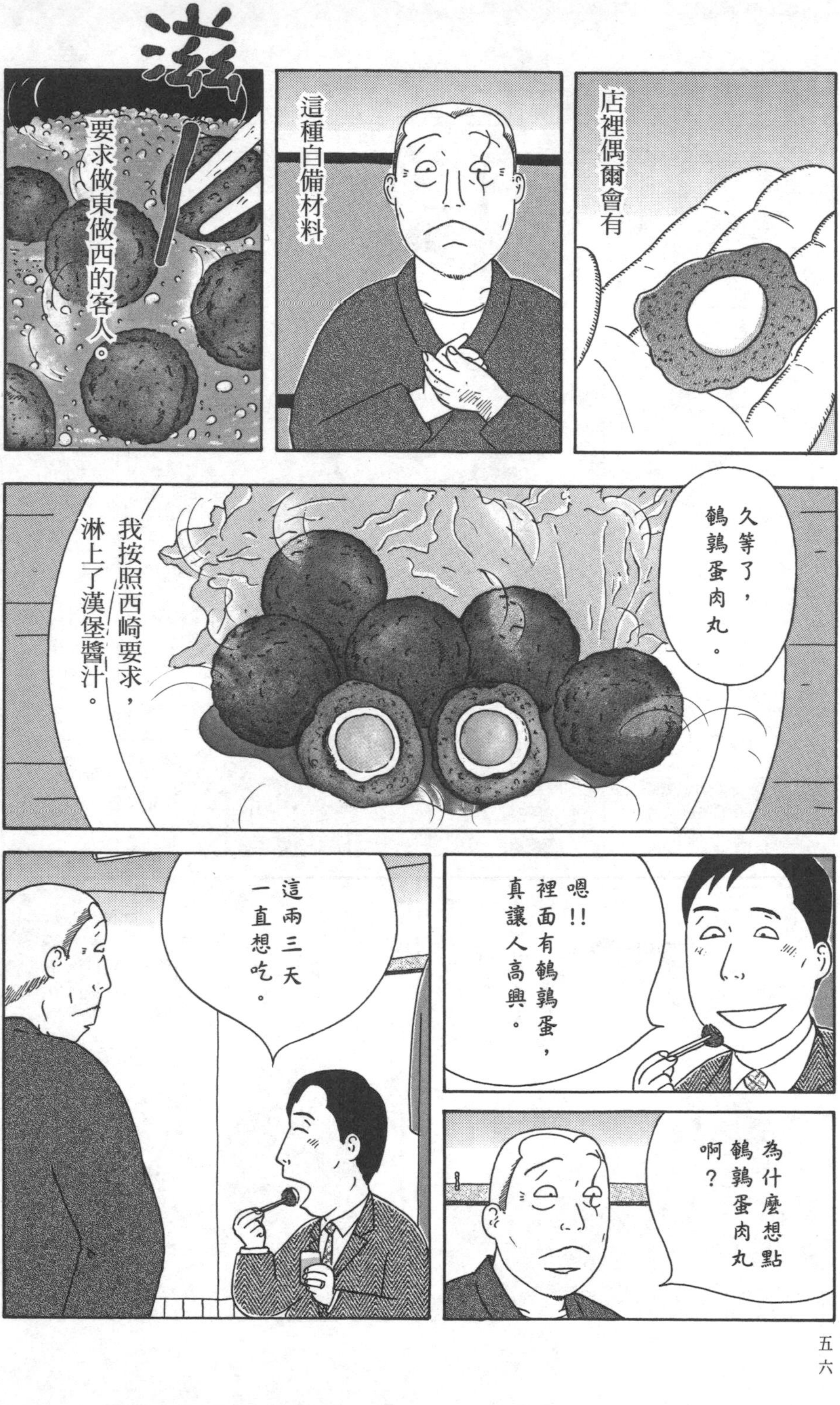
店裡偶爾會有
這種自備材料
滋
要求做東做西的客人。
久等了，鵪鶉蛋肉丸。
我按照西崎要求，淋上了漢堡醬汁。
嗯!!裡面有鵪鶉蛋，真讓人高興。
這兩三天一直想吃。
為什麼想點鵪鶉蛋肉丸啊？

叫太太做就好了啊。
沒辦法說啊，這是前女友的拿手好菜。
其實我作夢……夢見前女友替跟我長得一模一樣的男孩子做鶴鶉蛋肉丸。
你們有孩子？
沒有啦，沒這回事！
十天後
めし
來，久等了。
在那之後，我把它做成小菜，很受客人歡迎，現在都會準備鶴鶉蛋了。

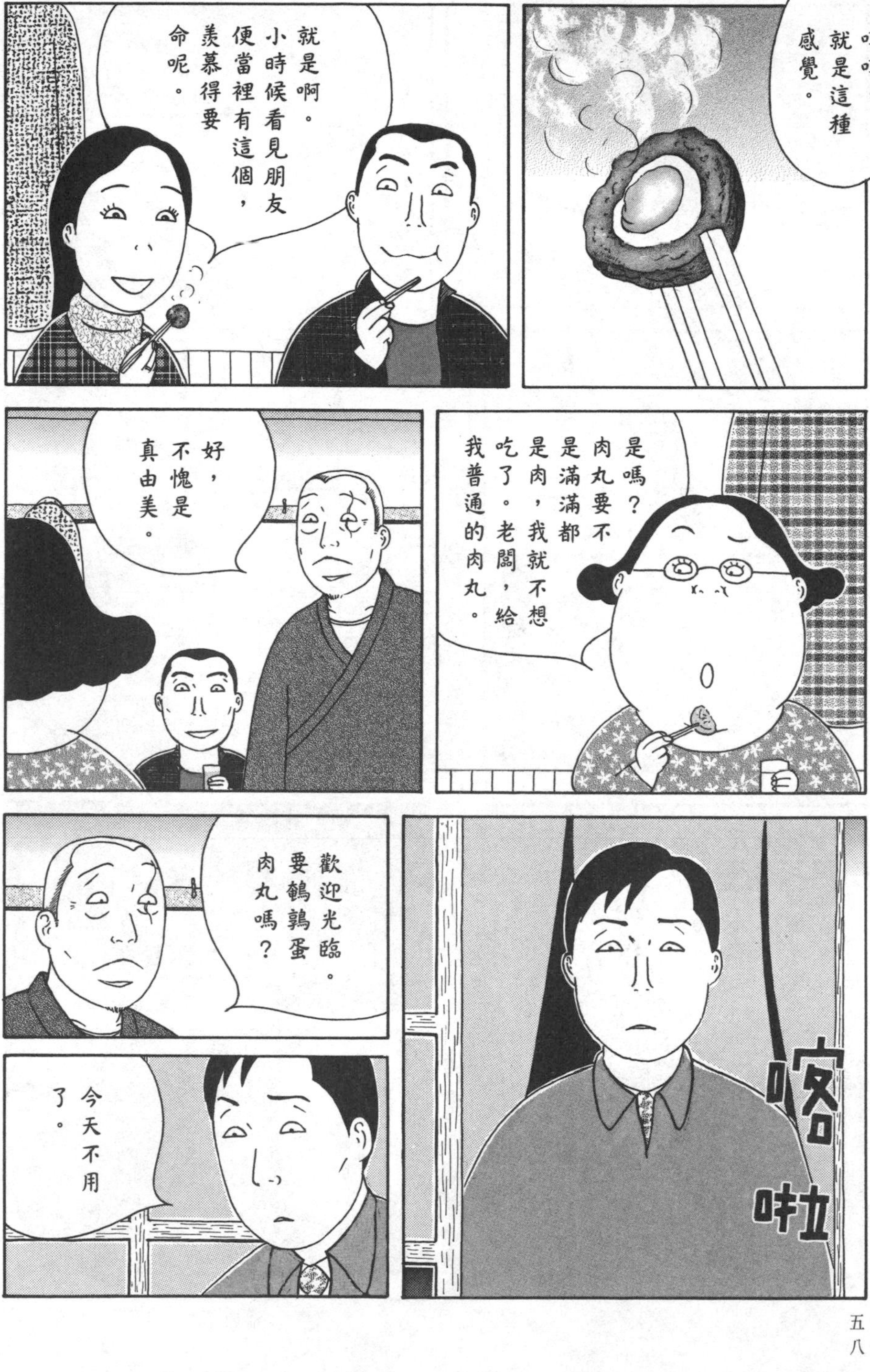
嘻嘻，就是這種感覺。
就是啊。小時候看見朋友便當裡有這個，羨慕得要命呢。
是嗎？肉丸要不是滿滿都是肉，我就不想吃了。老闆，給我普通的肉丸。
好，不愧是真由美。
喀啦
歡迎光臨。要鵪鶉蛋肉丸嗎？
今天不用了。

西崎小口啜著酒，等其他客人回去後，他開口這麼說。
我今天早上，看見前女友騎單車載著一個小男孩。
?!
做鶴鶉蛋肉丸的前女友嗎？
嗯……

?!
……
我最近搬了新家，她好像就住在附近。
她有兒子啊，跟夢境很像呢。
嗯……
我五年前甩了她，
認識了現在的太太…

西崎之所以臉色不好，就是因為那個男孩。如果男孩四歲的話，就表示前女友跟西崎分手後就立刻懷孕了。依她的個性，不可能腳踏兩條船，所以那個男孩搞不好是……不會吧，她說自己不能生小孩的……
可能是作了夢的關係，不管在腦中怎麼否認，都覺得有可能，非常不安。
誰是爸爸呢？只有媽媽知道。好像有時候連本人都不知道呢。
四月——
我本來希望事情不要變成這樣的。
怎麼啦？
……
我女兒在托兒所跟一個大她一歲的男孩很要好，男孩的媽媽就是做鶴鶉蛋肉丸的那個人。

這樣啊。
星期天在購物中心碰到了……
啊，是大輔大輔～
喔，夏帆！
啊，田中太太，您好。
這是我先生，這位是大輔的媽媽美輪子女士。

初次見面，大輔承蒙照顧了。
彼此彼此，您好……
大輔的名字跟我爸爸一樣耶。
這真的沒問題嗎？
……
我要鵪鶉蛋肉丸。
喀啦
咦～
西崎沒事吧？聽到鵪鶉蛋肉丸就像驚弓之鳥啊。

兩週後
Down
這樣啊，碰巧同名而已。
嗯。要真是我兒子，我真的打算搬家了。
她跟我太太說要她保密呢。
是先生的拖油瓶啊……
唔。
呼……
那天西崎久違地吃了鵪鶉蛋肉丸。

第232夜◎白菜鯖魚鍋

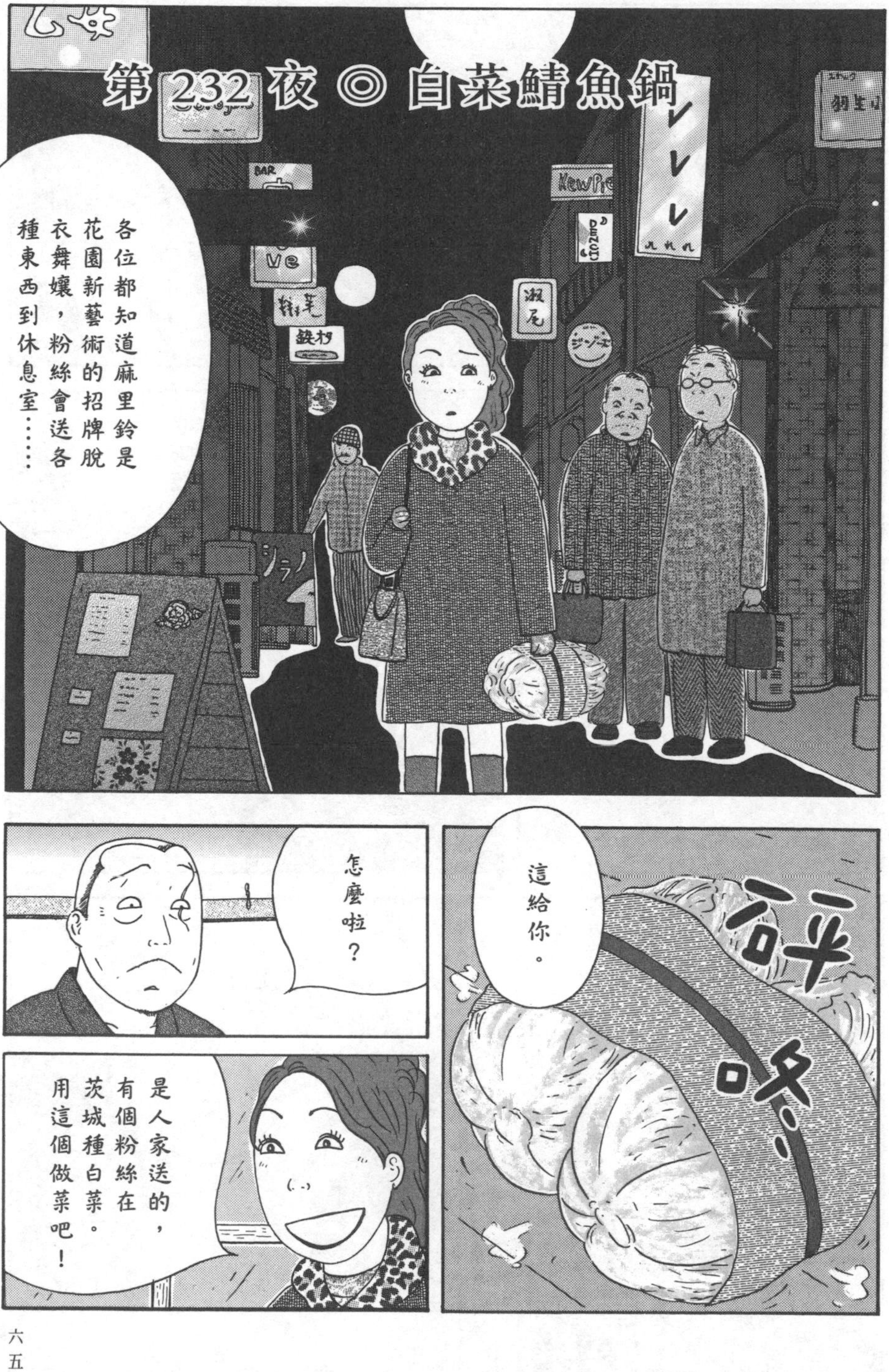
各位都知道麻里鈴是花園新藝術的招牌脫衣舞孃，粉絲會送各種東西到休息室……
這給你。
砰咚
怎麼啦？
是人家送的，有個粉絲在茨城種白菜。用這個做菜吧！

久等了。
這是什麼？
昆布高湯和水煮鯖魚罐頭一起煮的，就這樣吃吃看。
豬肉味噌湯定食 六百圓
啤酒（大） 六百圓
日本酒（兩合）
燒酒
我開動了。
呼 呼
燙 燙
啊，好吃呢。
是吧?!
呼～好冷。
給我熱的東西。
喀啦

好。
謝謝。
十和子是歌舞伎町高級俱樂部的小姐。
今天不上班嗎？
她跟麻里鈴在店裡認識，因為是福島同鄉而要好起來，偶爾會一起出去玩。
嗯，去看了孩子們。是說……我前夫好像有女朋友了。
咦，這樣啊！
十和子三年前拋下兩個年幼的孩子離家。她因為育兒的壓力，有精神官能症的傾向，跟公婆也處得不好。現在每個月跟小孩見一兩次面。

大概半年前開始，突然送孩子去學英語會話，我還在納悶為什麼，原來是在跟英語老師交往，想讓他們跟她親近一點，才叫他們去學。
她是美國人……
嗯……妳們見過面嗎？
沒有，前夫跟誰交往不干我的事。
白菜鯖魚鍋。
鯖魚罐頭大特賣，我買了不少。
我開動了。
啊，好暖和。
這很簡單，在家也能做。
要是怕腥的話，就加生薑。

兩週後——
めし
來，久等了。
不好意思，你都教我做法了，但是我不喜歡做菜，而且又一個人……
妳來店裡吃我是很高興啦。
今天我接到電話，前夫說他想再婚，已經交往一年半了。
這樣啊，孩子們呢？
說跟她很親。過年的時候，他們四個人一起去旅行了。

他說這樣下去孩子們會混亂，希望我盡量別跟他們見面。
那妳怎麼說？
我說不要。
或許我確實不適合當母親，但不能跟孩子們見面我絕對不答應。
喀啦
老闆，這個給你。
砰咚
又來了?!

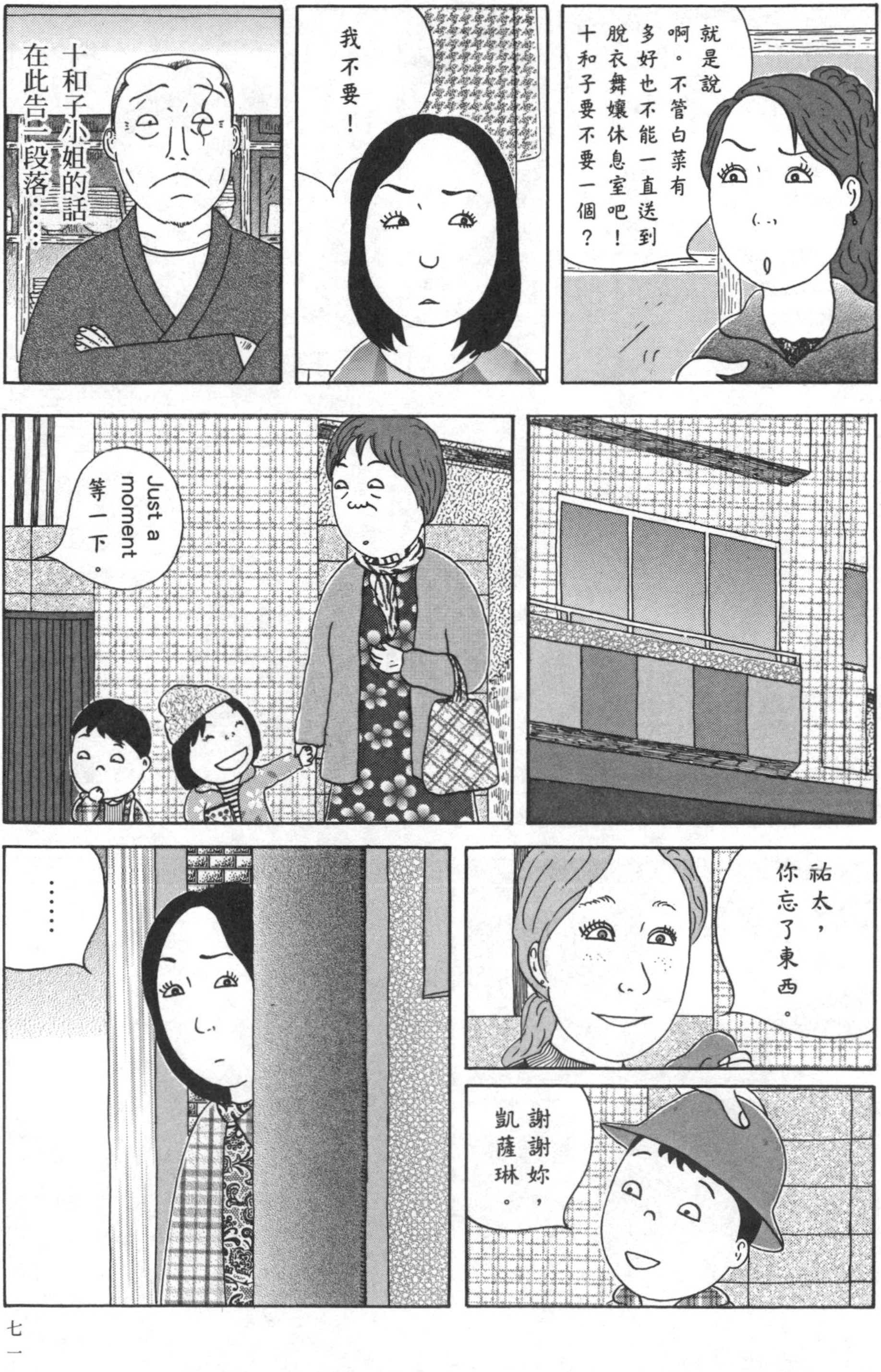
就是說啊。不管白菜有多好也不能一直送到脫衣舞孃休息室吧！十和子要不要一個？
我不要！
十和子小姐的話在此告一段落……
Just a moment 等一下。
祐太，你忘了東西。
謝謝妳，凱薩琳。
……

啊……媽媽。
媽媽!
噠
噠
噠
麻里鈴說十和子小姐在那之後一直喝得酩酊大醉。
過了大約十天……
歡迎光……臨?!
喀啦

大家好。
祐太非常喜歡媽媽。
我不知道佑介說了些什麼，但十和子小姐隨時可以來見孩子們。
嗚嗚嗚……
我可以當小茜跟祐太的養母嗎？
十和子小姐是他們的生母。

孩子們就拜託妳了。
老闆，收下白菜好嗎？
喀啦
又來了！
那邊的小姐要不要來一個？上好的蔬菜喔!!
……
緣份真是不可思議。十和子小姐現在在跟種白菜的他交往。他現在也單身，太太離開他了。十和子說兩個寂寞的人特別合得來呢。

凌晨1時

第233夜◎乳酪炸雞排
老闆相信占卜嗎？
沒什麼信不信的，事情會怎樣就怎樣，我一直都是這樣過活的。久等啦。
乳酪炸雞排。
占卜是不會全信的啦，但總會介意啊。
嗯，我會看電視或雜誌上的占星。
《nan na》的星座運勢滿準的呢。

常在店裡點乳酪炸雞排的矢田先生是獨立編輯兼作家。
喀啦
女人都喜歡占卜啊，果然在意戀愛運嗎？
哼，不只那樣。在意是在意啦。
也會注意幸運物之類的。
啊!!
怎麼啦？
矢田先生莫非是水瓶座？
嗯，是啊。

看這裡，《nan na》的星座運勢裡水瓶座幸運物是……
nan na
乳酪炸雞排。
矢田先生也看《nan na》的星座運勢嗎？
哎喲，這個嘛……哈哈，被發現啦。
喀
啦
我要乳酪炸雞排!!
!
難道妳是水瓶座?!
nan na

小光果然也是水瓶座。
我十七歲開始就相信《nan na》的星座運勢。
小光白天上班，每週有兩個晚上在歌舞伎町的酒吧陪酒。
十七歲時發生了什麼事嗎？
那是秘密！但是是非常準的戀愛運喔。
喔，這樣啊……
其實我也是水瓶座的，以後請多指教。
啊，請多指教。有興趣的話，請來我們酒吧！
這是星座運勢帶來的緣份吧。
小光打工的時候，矢田先生偶爾會去酒吧。

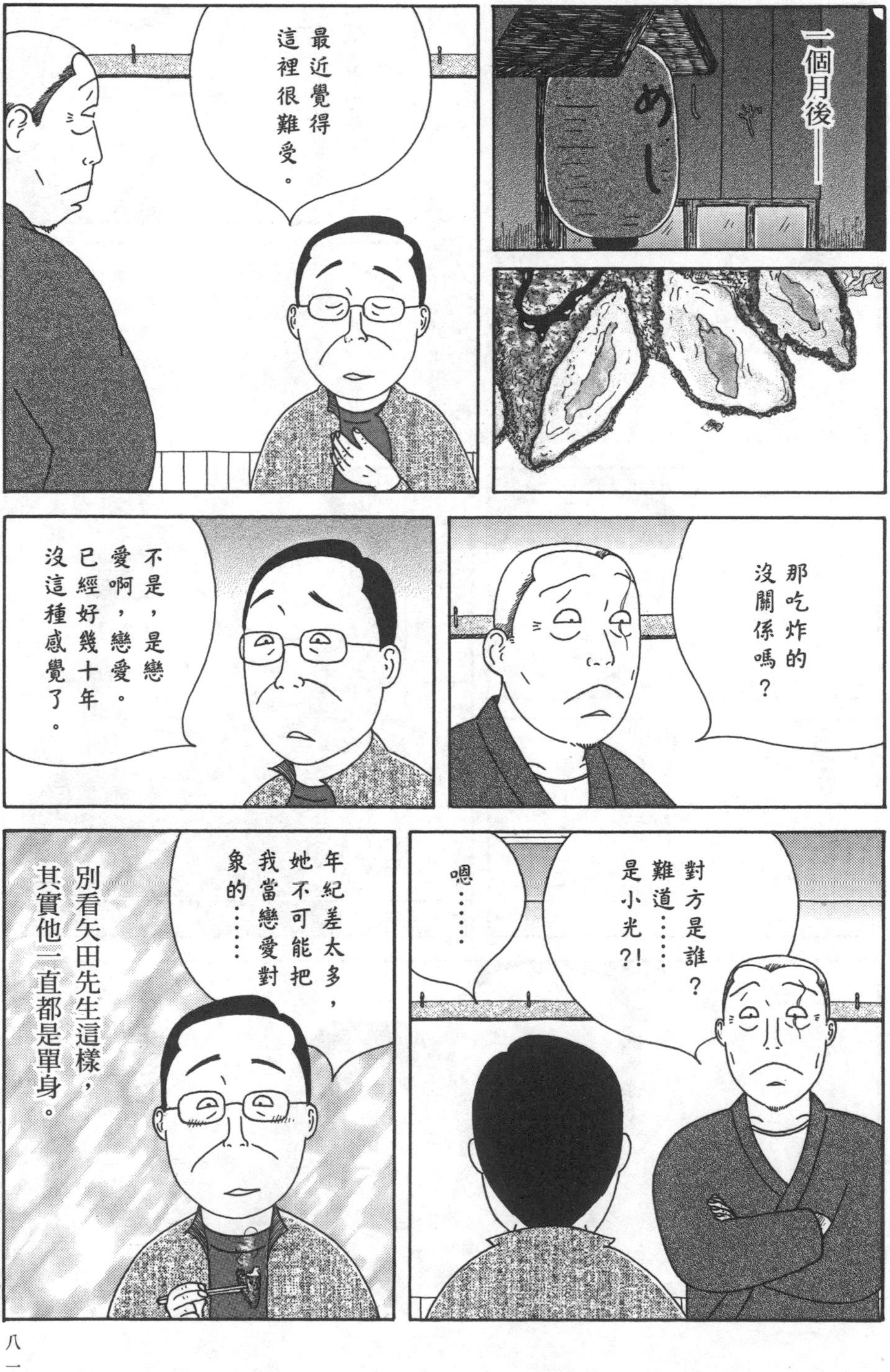
一個月後——
めし
最近覺得這裡很難受。
那吃炸的沒關係嗎？
不是，是戀愛啊，戀愛。已經好幾十年沒這種感覺了。
對方是誰？難道……是小光?!
嗯……
年紀差太多，她不可能把我當戀愛對象的……
別看矢田先生這樣，其實他一直都是單身。

嗯……啊，那個星座運勢怎麼說？
那種東西怎麼能算數，是我寫的啊。
咦?!
牽扯上自己就有了妄想，不會準的。
大家好。
喀啦
啊，矢田先生看了今天的星座運勢嗎？
嗯……
水瓶座今天是「戀愛的悸動」，超準的說。
哈哈……就是啊。

……
矢田先生看著小光他們卿卿我我，傷心地獨自離開……過了一個月。
?!
今天星座運勢有點奇怪啊。你看，水瓶座。
危險戀情的預感。小心男人的謊言，說不定已婚……
好具體，真討厭。
喀啦

我被騙了，他有老婆。
咦?!
好準……
……
當然準啊。
小光跟男朋友來過之後五天——
那天我跟蹤他們，那個男的送小光上計程車後就回家了。然後我拜託認識的徵信社調查才發現，那傢伙不僅有老婆，還有別的女人。
咦……虧你查得徹底。
我很在意他的面相……
矢田先生也會看面相啊。

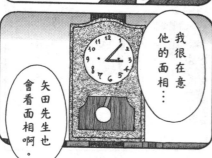

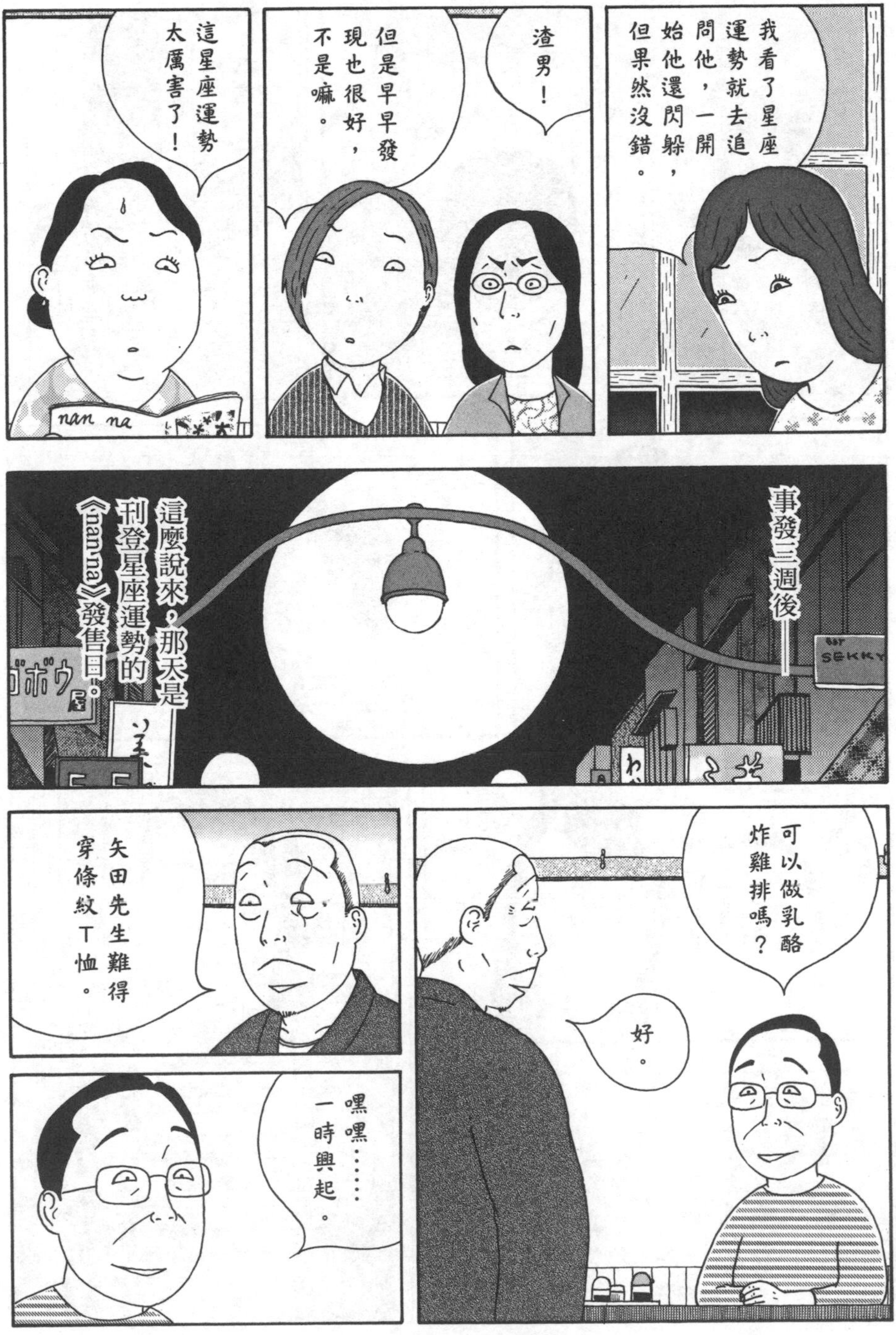
我看了星座運勢就去追問他，一開始他還閃躲，但果然沒錯。
渣男！
但是早早發現也很好，不是嘛。
這星座運勢太厲害了！
nan na
事發三週後
這麼說來，那天是刊登星座運勢的《nan na》發售日。
SEKKY
可以做乳酪炸雞排嗎？
好。
矢田先生難得穿條紋T恤。
嘿嘿……一時興起。

歡迎光臨。
喀啦
啊，矢田先生穿條紋衫。
這不是水瓶座的戀愛幸運物嗎?!
嗯……
啊，小光妳願意跟我……
喀啦
?!
小光……
這是一見鍾情啊，小光現在在跟那位穿條紋衫的先生交往。矢田真是各種不順啊……

第234夜◎烤小洋蔥

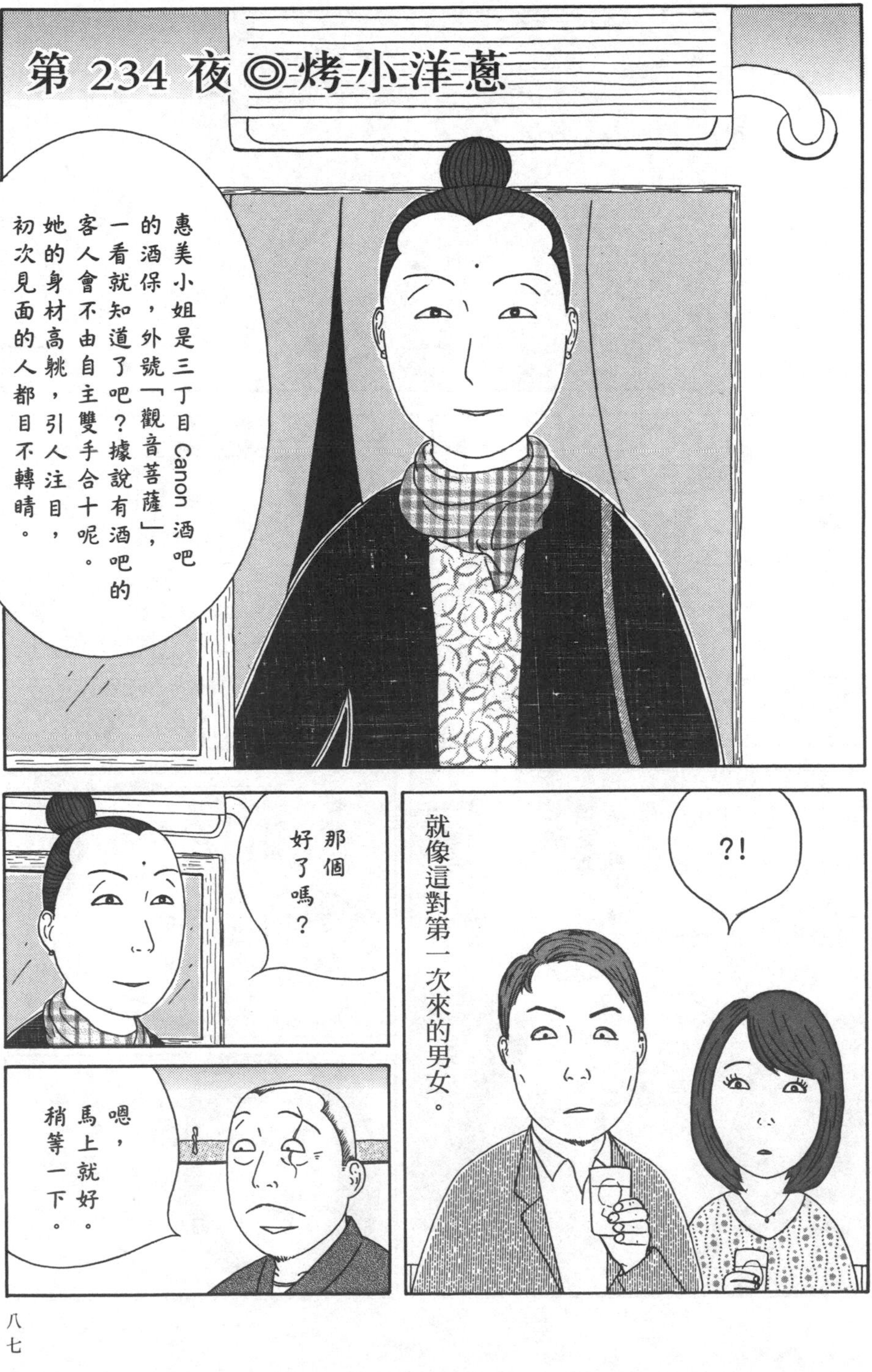
惠美小姐是三丁目Canon酒吧的酒保，外號「觀音菩薩」，一看就知道了吧？據說有酒吧的客人會不由自主雙手合十呢。她的身材高䠷，引人注目，初次見面的人都目不轉睛。
?!
就像這對第一次來的男女。
那個好了嗎？
嗯，馬上就好。稍等一下。

烤整顆小洋蔥，久等了。
這個季節，惠美來之前會先打電話來點這道。因為做起來花時間。
我開動了。
……
好甜！
我也要那個。
好啊，但是要花三、四十分鐘喔。
咦?!

這位客人是打電話來預約的。
要不要吃一點？
這樣啊……
可以嗎?!
我也能嚐嚐嗎？
哎喲，這樣我的份就沒了啦。
只要一點就好，我們倆分著吃。
嗯。
感情真好。

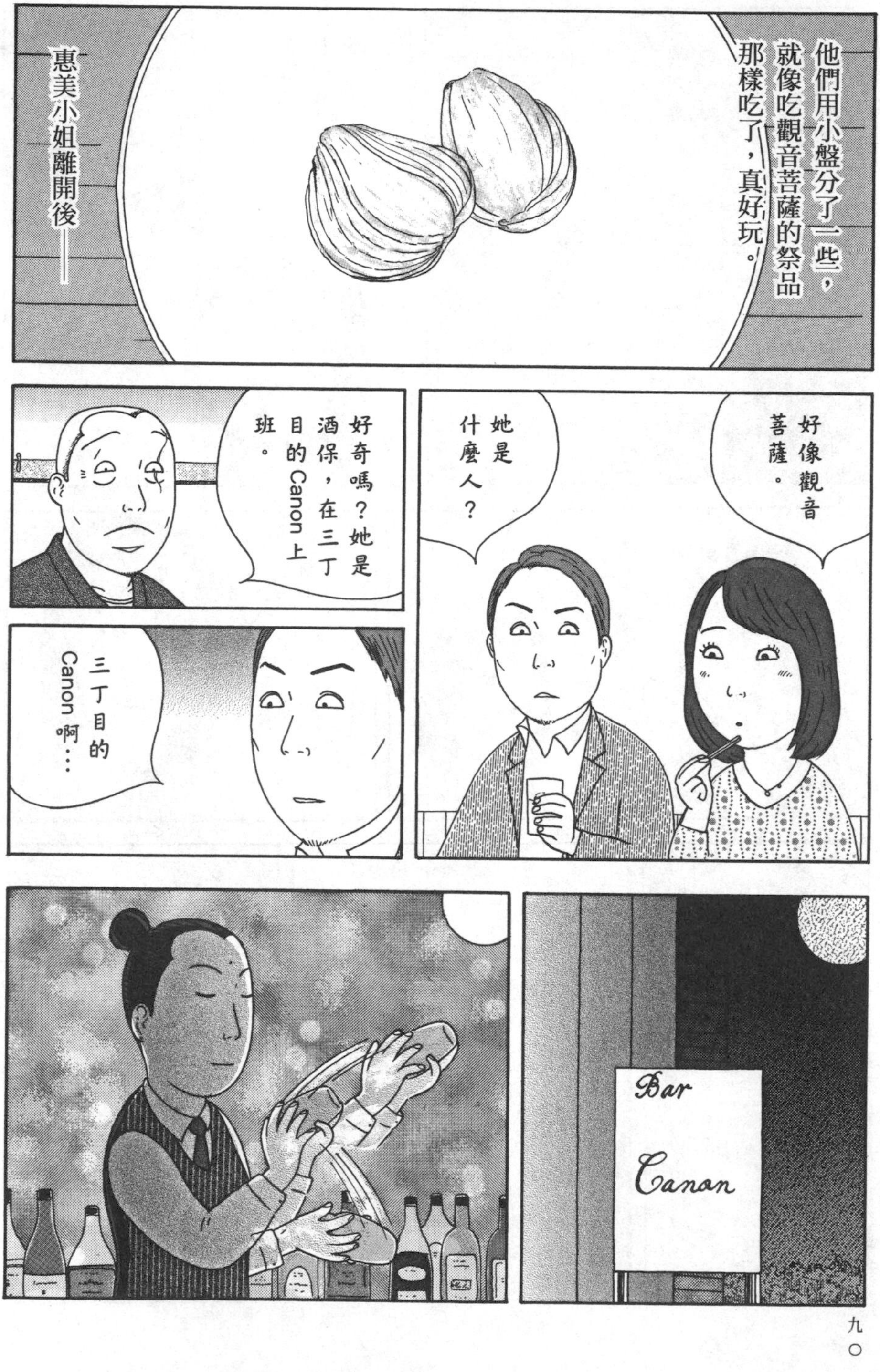

他們用小盤分了一些，就像吃觀音菩薩的祭品那樣吃了，真好玩。
惠美小姐離開後——
好像觀音菩薩。
她是什麼人？
好奇嗎？她是酒保，在三丁目的Canon上班。
三丁目的Canon啊⋯
Bar Canon

您的Gimlet。
上次謝謝了……
真的好誇張，所有客人都盯著她看。
惠美小姐嗎?!她非常受歡迎啊，不論男女都是。
めし

我說要請她吃飯，周圍的客人都狠狠瞪著我。
咦，惠美小姐怎麼說？
她說不可以讓可愛的女朋友傷心。
但女人只要窮追不捨，大概都會點頭答應，只要一起出去了，之後就……嘿嘿！
是這樣嗎？
是啊，只有一個訣竅。
咦，是什麼？
想知道嗎？
想知道！
請說。
每天都去示好，但持續一陣子後某天一言不發離開。

喔！
隔個三週再去，還是一言不發，只喝酒。要離開時，用就像是最後一次的感覺約她，多半就搞定了！
原來如此！
一個月後——
之前在這裡碰到一對情侶嗎？
那個男的每天都到酒吧來約我，最近不再來了，真是鬆了口氣。
不好意思，我把妳工作的店告訴他了。
沒關係，最近是他女朋友自己來了。

六天後——
新宿ゴールデン
歡迎光臨，今天一起來了。
我在Canon碰到這傢伙。
真是的，怎麼就在今天碰到了呢……
跟我什麼時候去哪有關係。
喂，你們要點什麼啊？
我要炸豬排飯。
咦，現在吃炸豬排飯？
有什麼關係，我肚子餓了。

炸豬排飯，久等了。
結果他也叫了炸豬排飯，兩人相親相愛地(?)吃了。
一週後——
今晚我跟她約在這裡見面。
めし
她是誰？
惠美小姐。
終於可以兩人獨處了。
喀啦

大家好。
歡迎光臨。
妳怎麼也來了？
阿優我們分手吧！我決定跟惠美小姐一起住了。
對吧？
嗯！
什麼?!
不知道妳在說些什麼。
原來惠美小姐比較喜歡女人的謠言是真的啊。
他應該是第一次這樣被甩吧……
豬肉味噌湯定食 六百圓
啤酒（大） 六百圓
日本酒（一合） 五百圓
燒酒（一杯） 四百圓
每位客人限點三杯酒

第 235 夜 ◎款冬

對了！真由美，我做了款冬，要吃嗎？
咦！
不喜歡嗎？
不是，怎麼不早說，這樣我豈不是得再吃一碗飯。
再一碗。
哈哈，不好意思。
不愧是真由美。

款冬用醬油、日本酒和味醂煮，跟白飯非常搭。
嗯！
我也要，白飯小碗就好。
咦?!
好，款冬和小碗白飯。
哈摩桑要吃白飯?!

嗯，前面的大姊吃得好香啊。
?!
這樣的客人很多呢。
呃……我也要。
看吧！
因此
我第一次看見哈摩桑吃白飯。

兩人離開後——
那個人是島村哈摩桑！
是嗎？
什麼人啊？
天才創作者喔。寫短劇、腳本，最近還寫小說。
不是謠傳島村哈摩的主食是日本酒嗎？
所以啊，跟他一起的人才會那麼驚訝……
我要去炫耀！我看見哈摩桑吃飯了。我身邊也有很多哈摩桑的粉絲。
那天早上——

給我酒。
歡迎光臨。
這是附贈的。
啊，謝謝。
不知道為什麼，就是睡不著……
住旅館嗎？
嗯，住了一週今天終於要回神戶了。
這跟日本酒也很搭呢。

翌日──
我要款冬跟白飯。
哈摩桑竟然吃完了，我實在很好奇。
哈摩桑早上來過。
咦?!
用款冬配了三杯日本酒……
我來奏一曲吧。
哈摩桑從口袋裡拿出口琴，愉快地吹奏。

他人真不錯。
是吧？他是我的恩師啊。
雖然哈摩桑會說「你是我的朋友不是嗎？」
我寫的第一本小說……
哈摩桑讀了，直視我的眼睛說「這真不錯」，所以我下定決心要當作家。
嗯。
這真是下飯啊。
是吧！
後來這位阿延偶爾會過來。
來店裡的編輯說阿延是最近頗受矚目的作家。

三個月後——
めしや
你會偶爾跟哈摩桑見面嗎？
哈摩桑住院了。酒精中毒，已經三次了吧……
咦?!
秋天結束時，哈摩桑翩然前來。
有款冬嗎？
不好意思，現在沒有。本來就是初春的食材。
這樣啊。那就冷酒吧。
沒關係嗎？
No problem!

哈摩桑慢慢喝了杯酒，但附贈的醃菜完全沒碰。
好久沒聽口琴了，能吹一曲嗎？
對不起，我忘了帶。下次絕對吹個過癮。
新年時，哈摩桑跟阿延一起入圍夏目文學賞，阿延在店裡舉杯祝賀。
我應該不會得獎啦，但能跟哈摩桑一起入圍，真是太高興了。
夏目賞
延信夫先生
阿延得獎，哈摩桑也非常高興。在慶功宴上吹奏口琴，
他好像非常愉快。
在那之後……

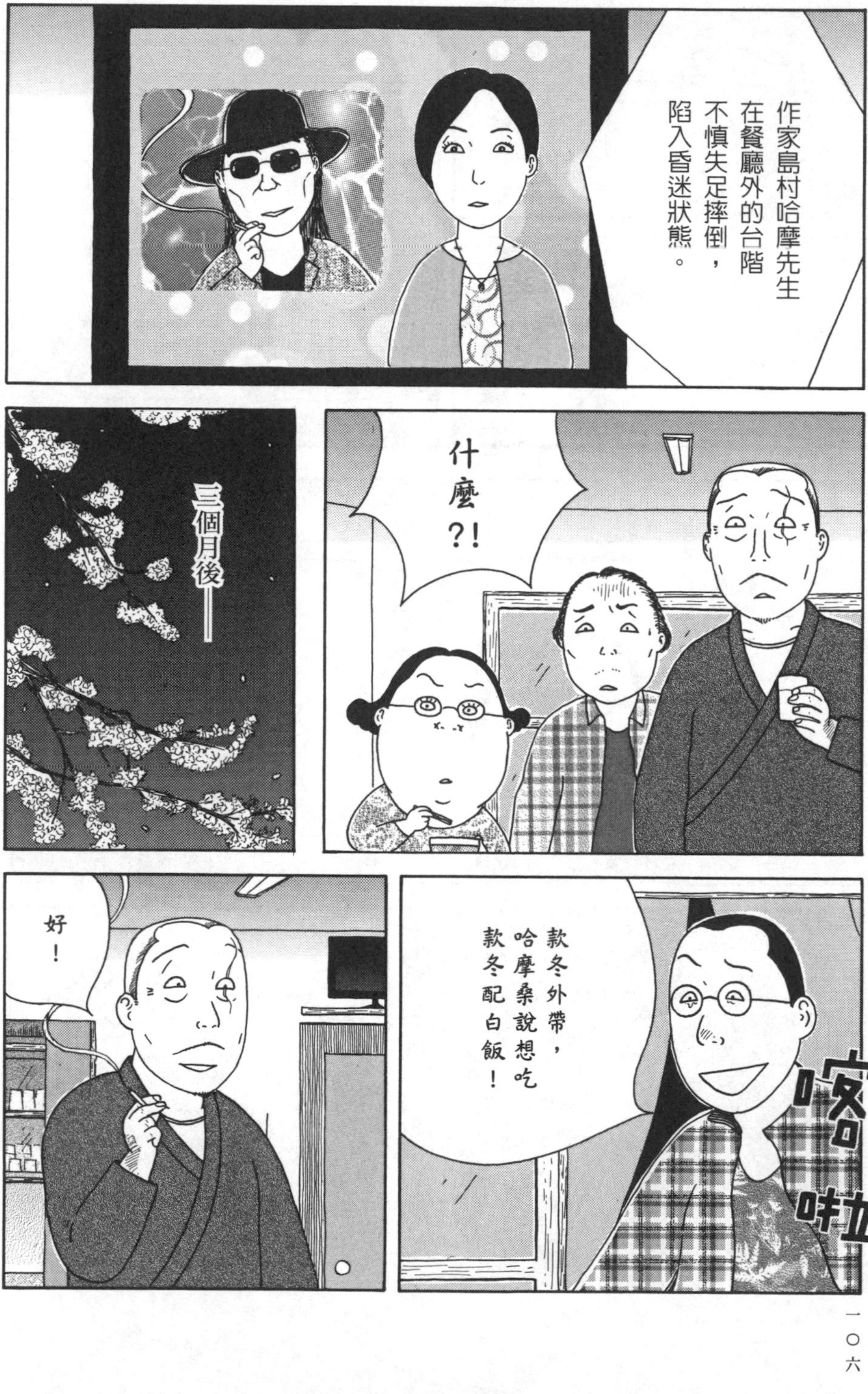
作家島村哈摩先生
在餐廳外的台階
不慎失足摔倒，
陷入昏迷狀態。
什麼?!
三個月後——
款冬外帶，
哈摩桑說想吃
款冬配白飯！
喀啦
好！

第236夜◎俾斯麥風
老闆，可以做俾斯麥風蘆筍嗎？
俾斯麥風是什麼？
蘆筍撒帕馬森乳酪，然後加上荷包蛋。
德國宰相俾斯麥喜歡在牛排上加荷包蛋，所以加上荷包蛋的菜式就叫做俾斯麥風。披薩也有這種的。
戶山先生不愧是料理評論家，知道得真多。

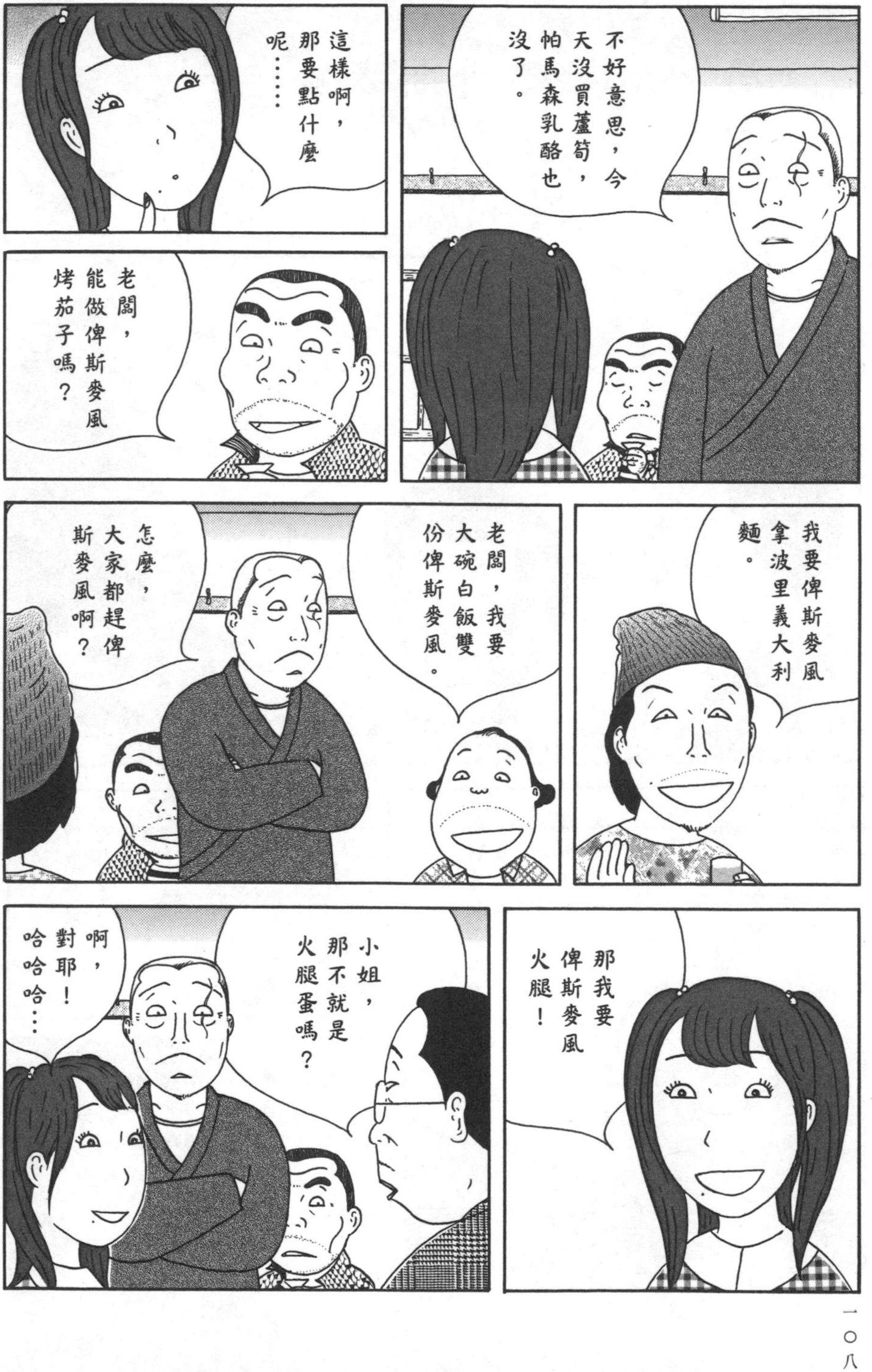
不好意思，今天沒買蘆筍，帕馬森乳酪也沒了。
這樣啊，那要點什麼呢……
老闆，能做俾斯麥風烤茄子嗎？
我要俾斯麥風拿波里義大利麵。
老闆，我要大碗白飯雙份俾斯麥風。
怎麼，大家都趕俾斯麥風啊？
那我要俾斯麥風火腿！
小姐，那不就是火腿蛋嗎？
啊，對耶！哈哈哈……

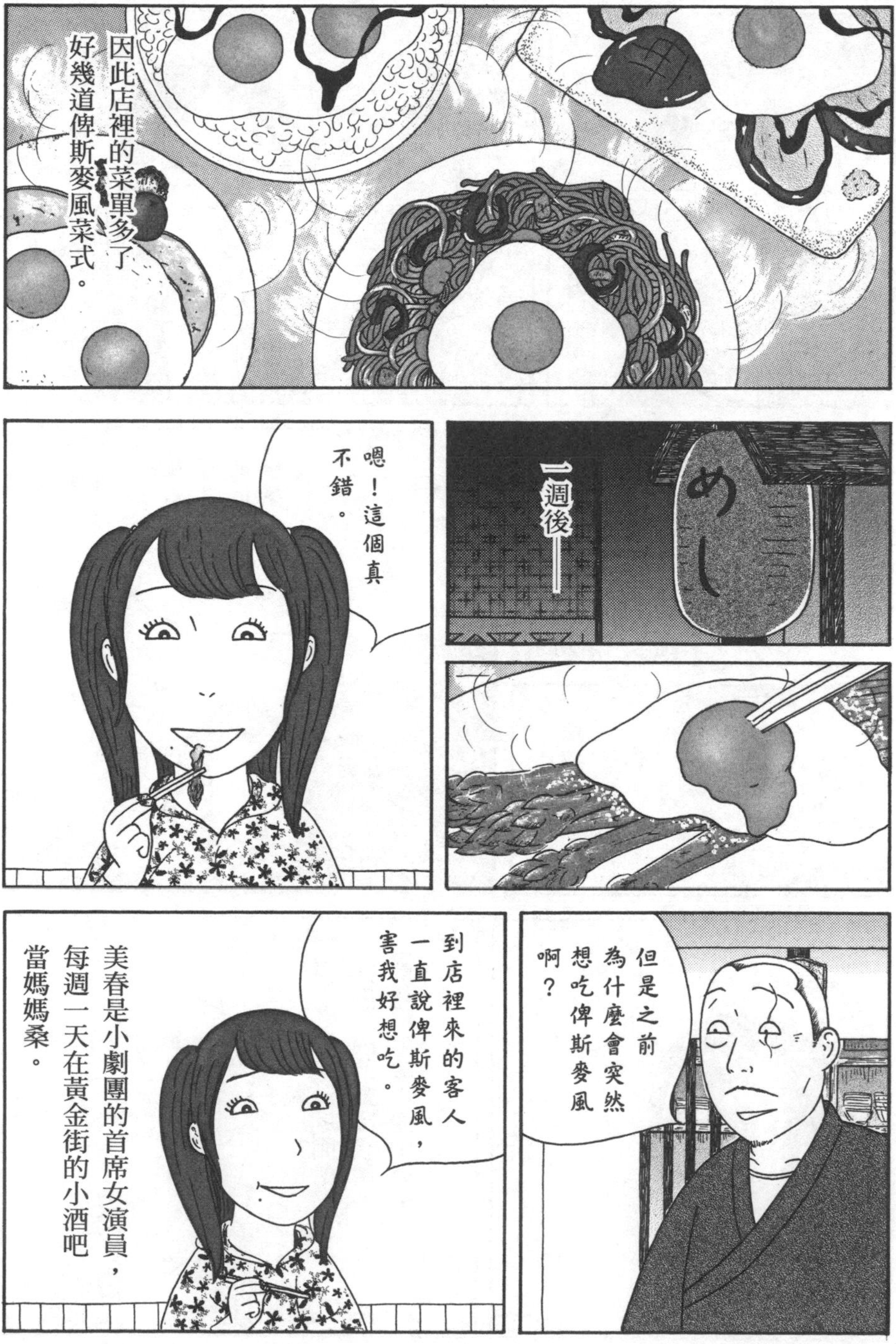
因此店裡的菜單多了好幾道俾斯麥風菜式。
一週後——
めし
嗯！這個真不錯。
但是之前為什麼會突然想吃俾斯麥風啊？
到店裡來的客人一直說俾斯麥風，害我好想吃。
美春是小劇團的首席女演員，每週一天在黃金街的小酒吧當媽媽桑。

請給我俾斯麥風咖哩炒飯。
我要俾斯麥風厚切豬排。
好！
托妳的福，最近店裡很流行俾斯麥風。
不好意思，能做俾斯麥風親子丼嗎。
咦?!
這位老先生最近開始在御院前的公寓獨居，會在晚上散步途中過來。
……

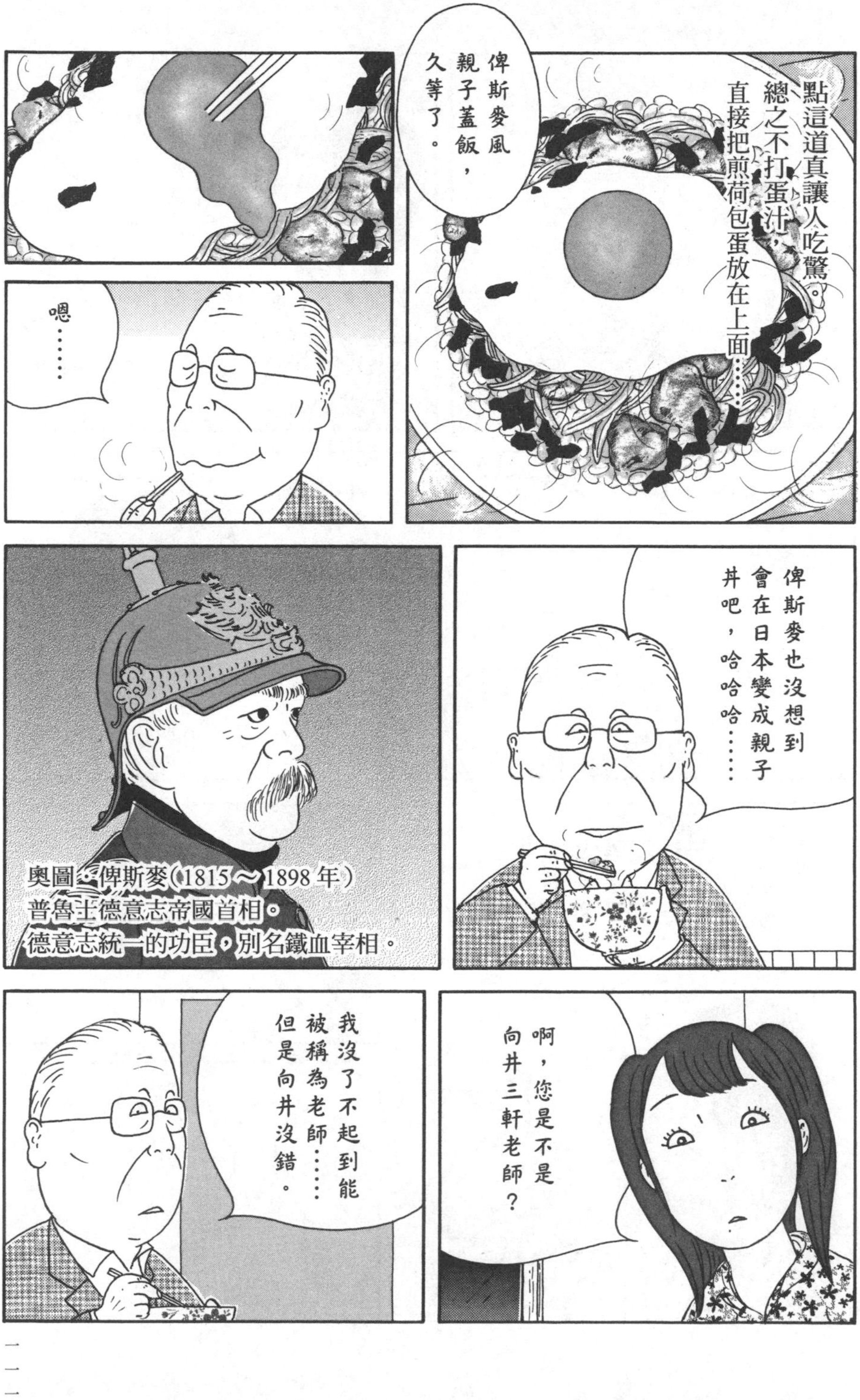
點這道真讓人吃驚。
總之不打蛋汁，
直接把煎荷包蛋放在上面……
俾斯麥風親子蓋飯，久等了。
嗯……
俾斯麥也沒想到會在日本變成親子丼吧，哈哈哈……
奧圖・俾斯麥（1815～1898年）
普魯士德意志帝國首相。
德意志統一的功臣，別名鐵血宰相。
啊，您是不是向井三軒老師？
我沒了不起到能被稱為老師……但是向井沒錯。

果然！我是老師的鐵粉，能見到您太榮幸了。
謝謝。
美春說這位向井三軒先生是知名的隨筆作家，個性很孤僻。
老師，收我當弟子吧。拜託了！
別叫我老師，我不收弟子。
那就讓我當女朋友吧。
女朋友？
嗯……
好，就這樣吧。妳叫什麼名字？
我叫尾田美春。

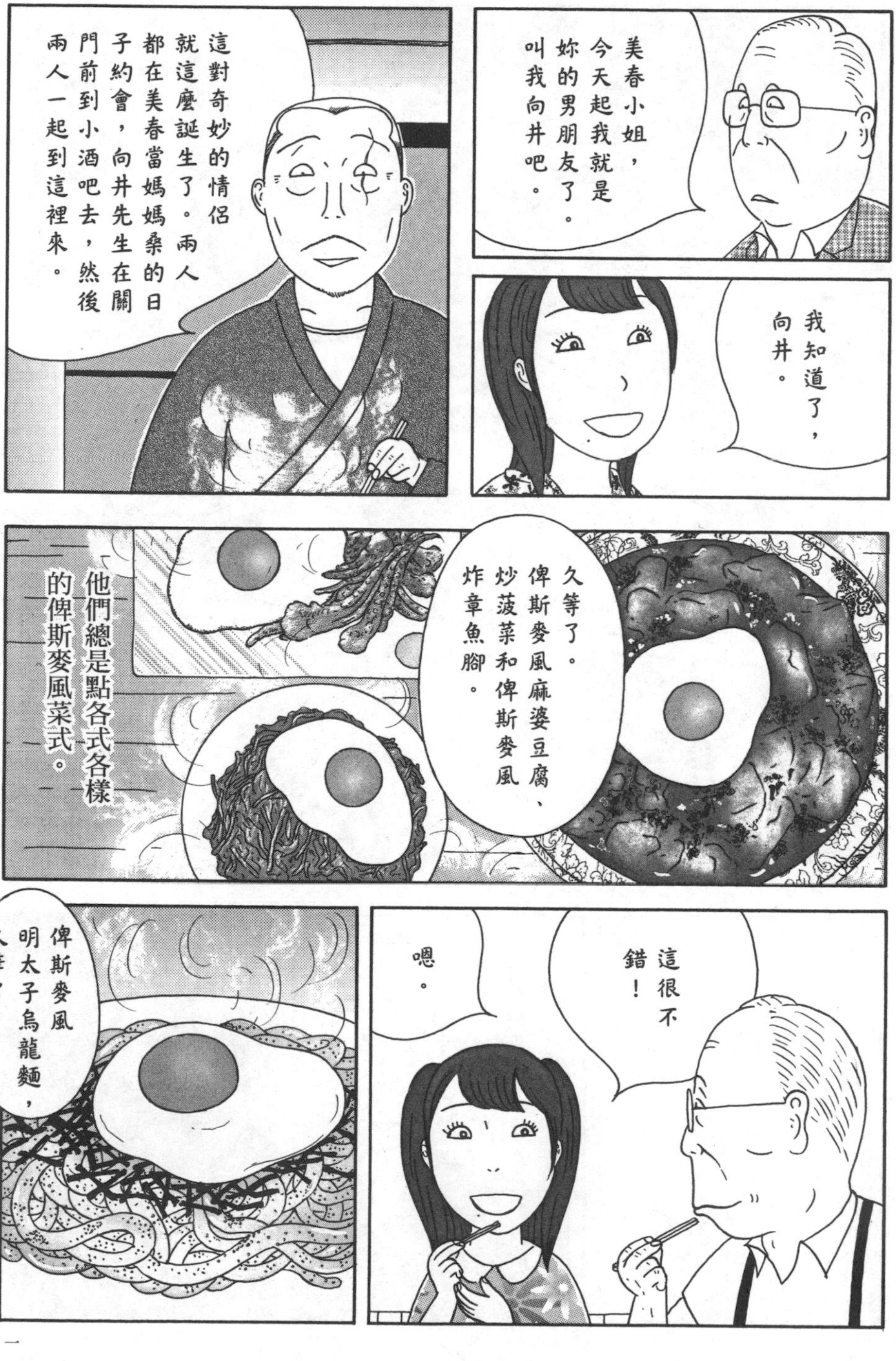
美春小姐，今天起我就是妳的男朋友了。叫我向井吧。
這對奇妙的情侶就這麼誕生了。兩人都在美春當媽媽桑的日子約會，向井先生在關門前到小酒吧去，然後兩人一起到這裡來。
我知道了，向井。
久等了。俾斯麥風麻婆豆腐、炒菠菜和俾斯麥風炸章魚腳。
他們總是點各式各樣的俾斯麥風菜式。
這很不錯！
嗯。
俾斯麥風明太子烏龍麵，久等了。

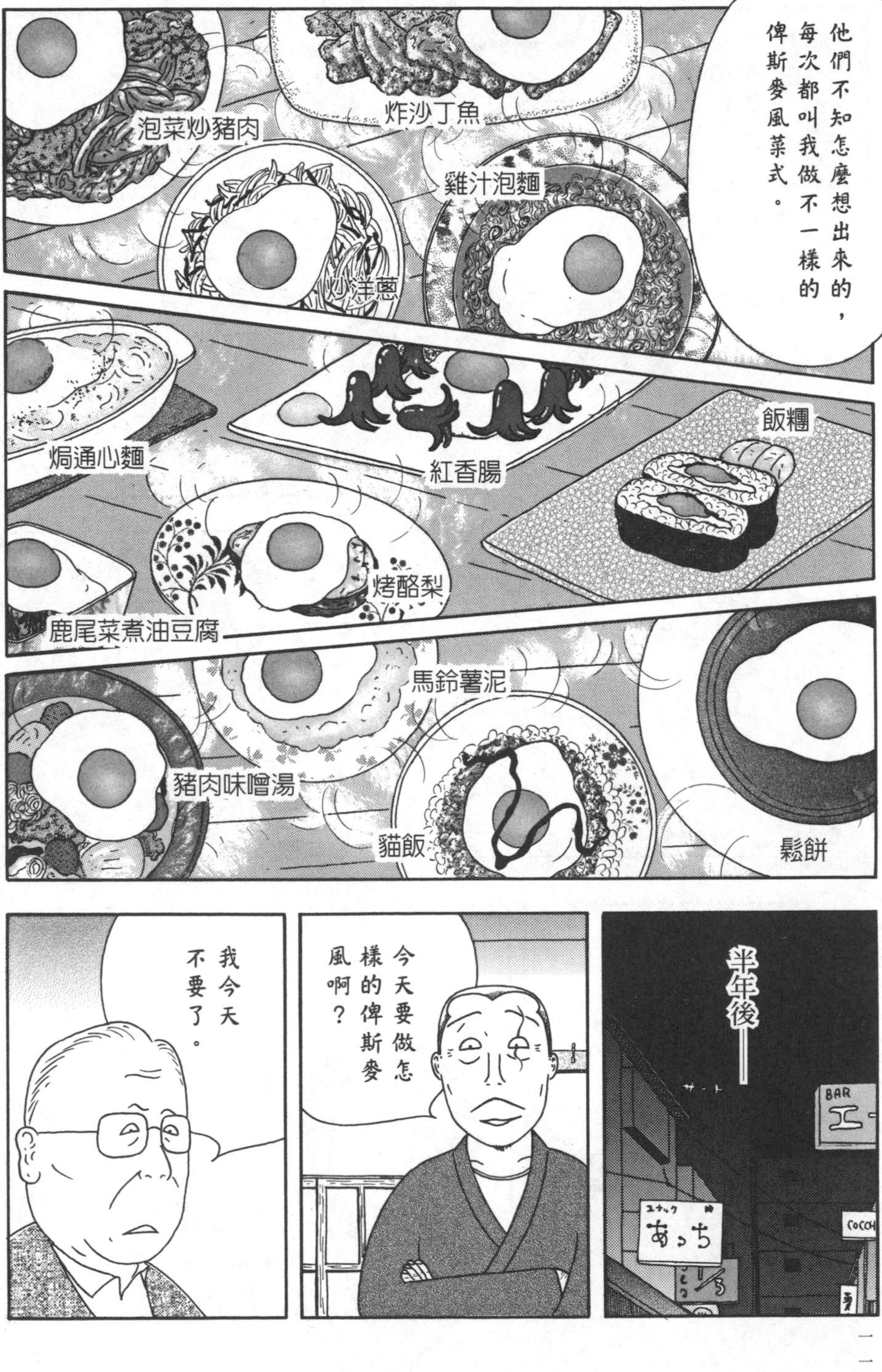
他們不知怎麼想出來的，每次都叫我做不一樣的俾斯麥風菜式。
炸沙丁魚
泡菜炒豬肉
雞汁泡麵
炒洋蔥
飯糰
紅香腸
焗通心麵
烤酪梨
鹿尾菜煮油豆腐
馬鈴薯泥
豬肉味噌湯
貓飯
鬆餅
半年後——
BAR
あっち
今天要做怎樣的俾斯麥風啊？
我今天不要了。

怎麼了？向井好像無精打采呢。
我作了噩夢，夢見有人朝我丟雞蛋。
幹什麼啊！你是誰?!
那確實是……俾斯麥。
咦?!
我暫時不吃俾斯麥風了。
向井好可憐喔。
美春話雖這麼說——

一週後——
我也……作了夢。
夢到俾斯麥嗎？
不是，是我全裸被綁在手術台上。
身上堆了好多荷包蛋，巨大的叉子從天降下，戳破蛋黃……
然後……我就醒了。我沒辦法吃荷包蛋了。
……
在那之後就沒有人點俾斯麥風了。

第237夜◎炙燒鰹魚

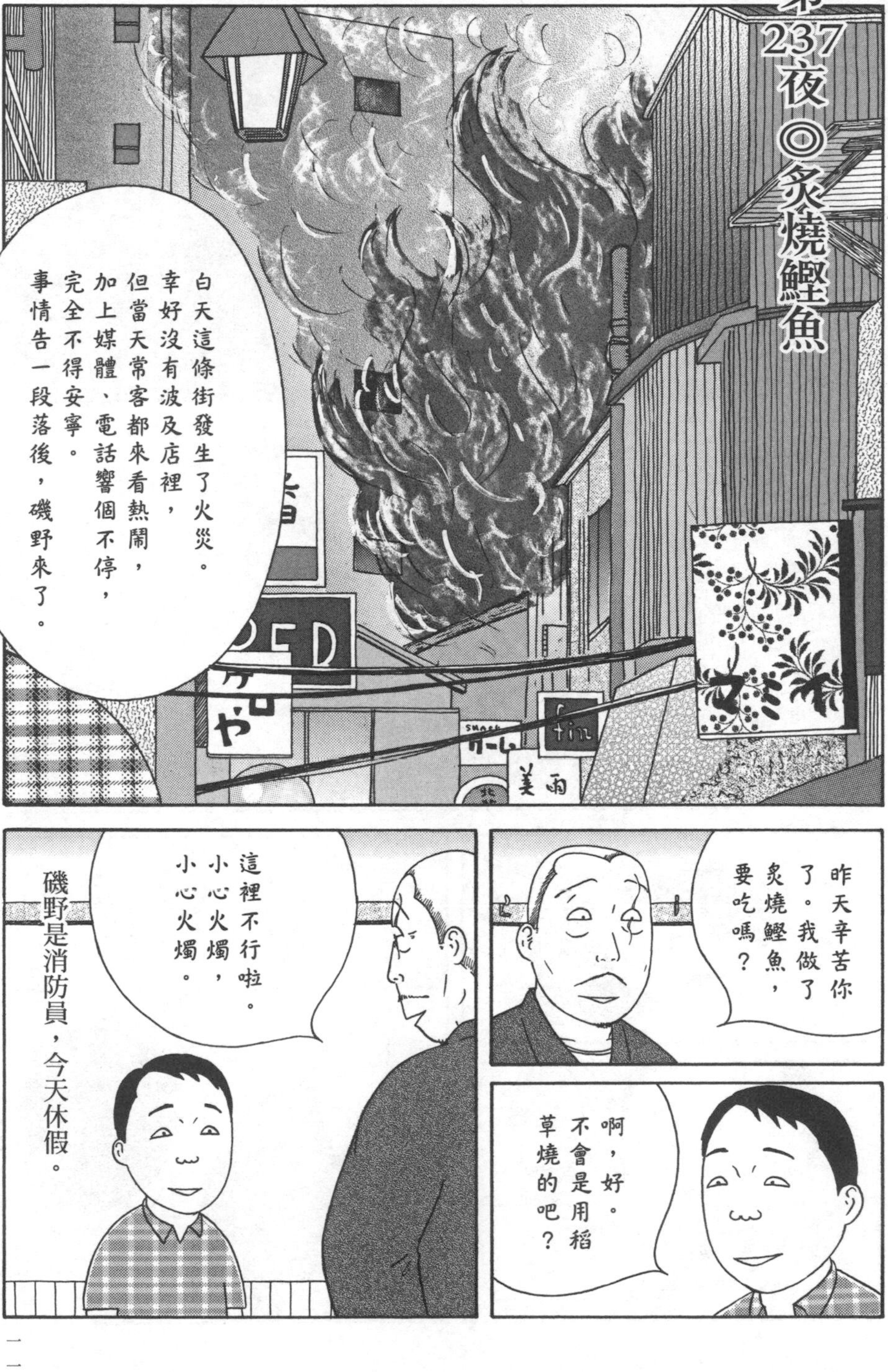

白天這條街發生了火災。幸好沒有波及店裡，但當天常客都來看熱鬧，加上媒體、電話響個不停，完全不得安寧。事情告一段落後，磯野來了。
昨天辛苦你了。我做了炙燒鰹魚，要吃嗎？
啊，好。不會是用稻草燒的吧？
這裡不行啦。小心火燭，小心火燭。
磯野是消防員，今天休假。

久等了。
我有個在土佐的朋友很會挑鰹魚，常在盛產時送好魚來，所以在初鰹跟回流鰹的時期會出這道菜。
這道菜在土佐當地是跟佐料一起吃的。
嗯！

喀啦
歡迎光臨。
美雨小姐?! 真是無妄之災呢。
沒辦法。老闆，給我冷酒。
……
美雨小姐的小酒吧離起火點只有兩家店。
這位是消防員磯野。
啊，您好，承蒙照顧了。
啊，哪裡。很高興認識妳……

妳的店怎麼樣了？
一邊牆壁燒毀了，店裡全是水……
♫
喂，啊，紐約嗎？對，我沒事，但是店裡……對不起，那天有約了……好，那就下下禮拜三。
要跟我見面吃飯的，這是第十八個人。
美雨小姐真受歡迎啊。
他們都以為這種時候追求就能手到擒來。其實今天我已經見過兩個人了。
然後兩人都對我說了同樣的話：「我會出錢的，今晚怎麼樣？」

少看扁老娘了！
?!
別看美雨小姐這樣，她可是土佐的大姐大呢！
美雨小姐，有炙燒鰹魚，要吃嗎？
咦，炙燒鰹魚?! 要吃要吃！
美雨小姐愉快地配了三杯酒。
她好像意猶未盡，不會喝酒的磯野機靈地把自己的三杯份讓給她。店裡一人只能叫三杯酒，但這種情況下也沒辦法。
磯野先生，多謝招待。老闆，下次見！
雖然喝了不少，美雨小姐還是腳步穩健地回去了。

土佐的女人真堅強。
我迷上她了。
兩週後——
今天也吃過才來的嗎？
嗯……意料之內。
追我的人都很有錢，但真正關心我的人都沒錢。
唔。
我決定了，老是做這種事也不是辦法。我得好好存錢，自己重開店。
club 熟女小町
美雨小姐，拜託妳了。
對不起，我去去就來。

哎呀，你來了?!
?!
謝謝你，磯野。
美雨小姐非常紅呢。
喔？
她的店要裝修了，所以卯足了勁吧。每天不眠不休地工作。
就是啊。不管什麼時候去，指名她的人都很多。要她陪的話要等三週呢。
磯野顯然很常去。然後在回流鰹魚盛產時——

讓我過一下。
美雨小姐?!
美雨小姐，太危險了，請退後。
燒掉了……
美雨小姐家樓下起的火把她的財產家具和不少積蓄一起燒掉了。
啊……
……

美雨小姐，這妳拿去用吧。
我全部的財產。
……
磯野，謝謝你……但是不用了。
我雖然想開店，但不能拖累別人……
什麼拖累……我對美雨小姐妳……
喀啦
就在此時，那個男人進來了。
喲，兄弟！在忙嗎？

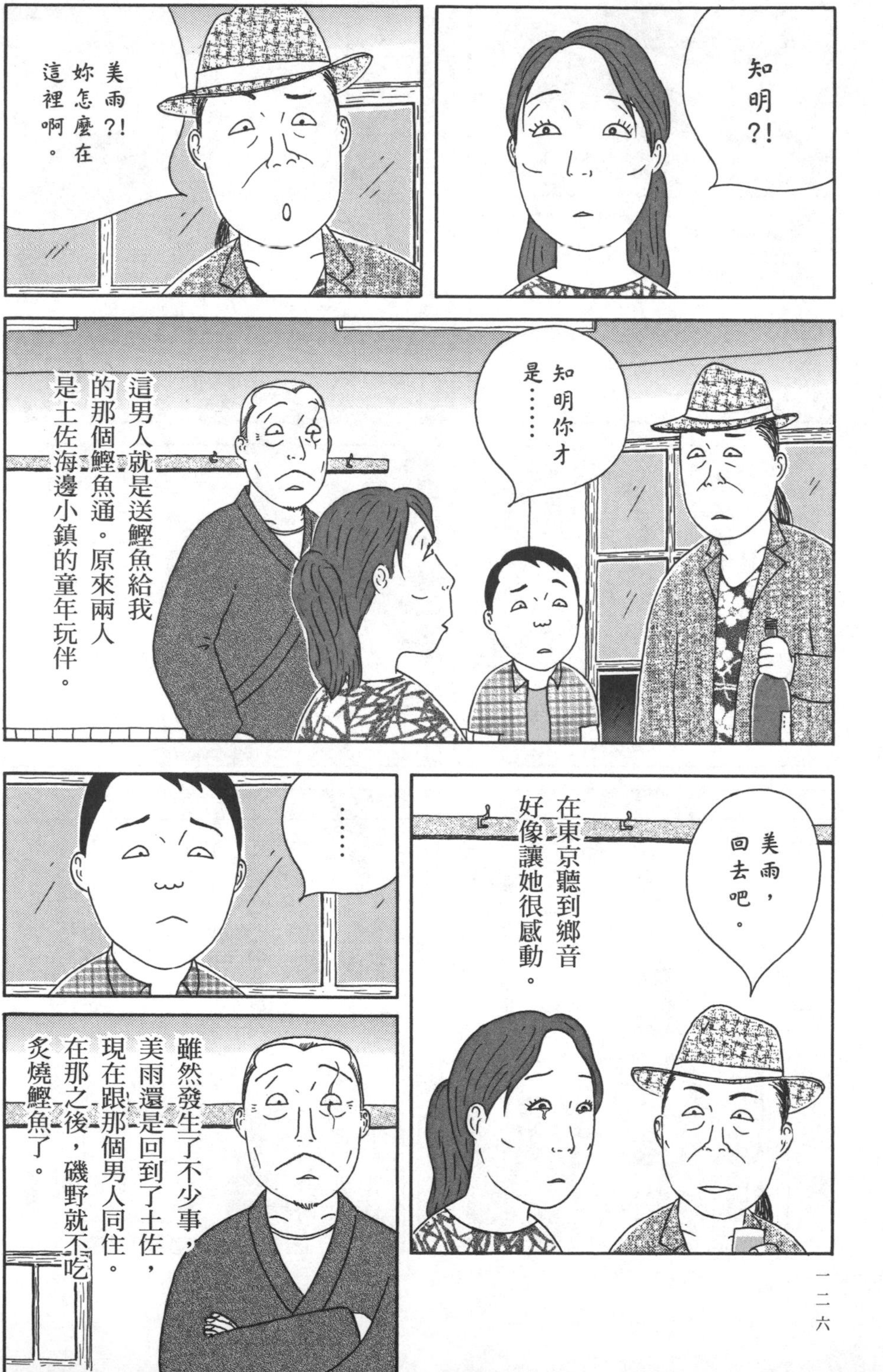
知明?!
美雨?!妳怎麼在這裡啊。
知明你才是……
這男人就是送鰹魚給我的那個鰹魚通。原來兩人是土佐海邊小鎮的童年玩伴。
美雨，回去吧。
在東京聽到鄉音好像讓她很感動。
……
雖然發生了不少事，美雨還是回到了土佐，現在跟那個男人同住。在那之後，磯野就不吃炙燒鰹魚了。

第 238 夜◎糖醋嫩薑
一看見那個人進來，所有常客都不由自主地在口袋上按住自己的錢包。
?!
!
這個人……
給我溫酒。
好。
是有名的扒手阿婆。

小銀壽司的味道退步啦。
咦，富士婆婆去小銀壽司慶祝出獄嗎？
你怎知道？
我想妳也該出來啦。
被抓十八次了吧。那時候報章雜誌都有登啊。
哼，這樣啊。
您不是有房子出租嗎？為什麼要當扒手？

預防老人癡呆啊，人要是生活沒目標就完蛋啦。
不知道為什麼，大家聽了都覺得很有道理。
原來如此。
嗯。
生活目標呢……
富士婆婆，要不要吃糖醋嫩薑啊？
醃薑啊，真好。
喀喳
這……難道是銀座久次郎的醃薑？

妳吃得出來啊？不愧是富士婆婆。
真的嗎？
吃得出來?!
這鹽的份量和甜味啊……
是替久次郎做醃薑的人教我的。
真的啊！
富士婆婆去過久次郎啊？那裡很貴吧?!
工作順利的時候啦。嘻嘻……
跟久次郎一樣的醃薑！老闆，再給我一點。
我也要！久次郎我根本去不起啊。

窮光蛋真討厭。
跟銀座高級店久次郎一樣的醃薑大受歡迎，我做了很多加進菜單裡。
這就是久次郎的醃薑啊……
果然跟迴轉壽司不一樣。
要是有壽司就好了。
沒人吃過久次郎的壽司嗎？
沒有。老闆吃過嗎？
我嗎？我只經過過久次郎店門口啦……
歡迎光臨。
喀啦

裕先生，託你的福，醃薑大受歡迎。
嗯，那就好。
這位裕先生就是教我醃嫩薑的人。裕先生辭掉久次郎，現在在迴轉壽司工作。
怎麼啦？臉色不太好。
我在場外的賭馬售票處碰到扒手了。
咦?!
那八成是剛剛還在這裡的富士婆婆……
果然還是久次郎的壽司好吃啊。
我借錢打小鋼珠稍微賺回一點，這裡的帳單沒問題的。

富士婆婆別名Wins[3]富士，
是專門在場外的賭馬
售票處作案的扒手。
我心想這可怎麼辦啊……
一週後
喀啦
大家好。
?!
歡迎光臨。
在Wins突然頭昏，這位裕先生幫了我的忙。
這樣啊……
他送我去醫院……

3 場外投注所。

別看裕先生長這樣，其實他很親切的。
我想起去世的鄉下阿嬤了，她跟富士婆婆很像啊。
來。
謝謝。沒捏壽司給照顧我的阿嬤吃，真是遺憾……
裕先生真溫柔……
富士婆婆跟裕先生就此熟絡起來，常常一起出去玩。
星期五在櫃台邊一起看賽馬新聞，
看起來真的就像感情好的祖孫。

秋季賽馬開始時——
裕先生辭掉久次郎是因為賭博吧？
富士婆婆沒聽說？他是辭掉久次郎後才開始賭博的。
咦?!
他為了自己開店一點一滴存的錢全被女人拐跑了，就此自暴自棄。
這樣啊……真可憐。
數日後——
在場外賭馬售票處「Wins新宿」逮捕一名老婦扒手現行犯，該嫌是第十九次被捕。
嫌犯供稱「沒有打算扒竊，但手卻自己動了。」
喀啦

……
裕先生?!
我從廁所出來的時候，富士婆婆就被逮住了，還拚命掙扎……
……
老闆知道富士婆婆的事？
嗯，對不起沒跟你說。但是呢……富士婆婆跟我說過。
裕先生要是認真想重新開始捏壽司，可以在富士婆婆的大樓裡開店。
這樣啊……

第239夜◎A套餐
野方的餐館裡的A套餐是薑燒豬肉和炸雞各半。麻美小姐這麼說，點了一份。
為什麼今天又點A套餐啊？
那個孩子在店裡點了。
但我那時候肚子不餓，沒辦法吃。
唔。

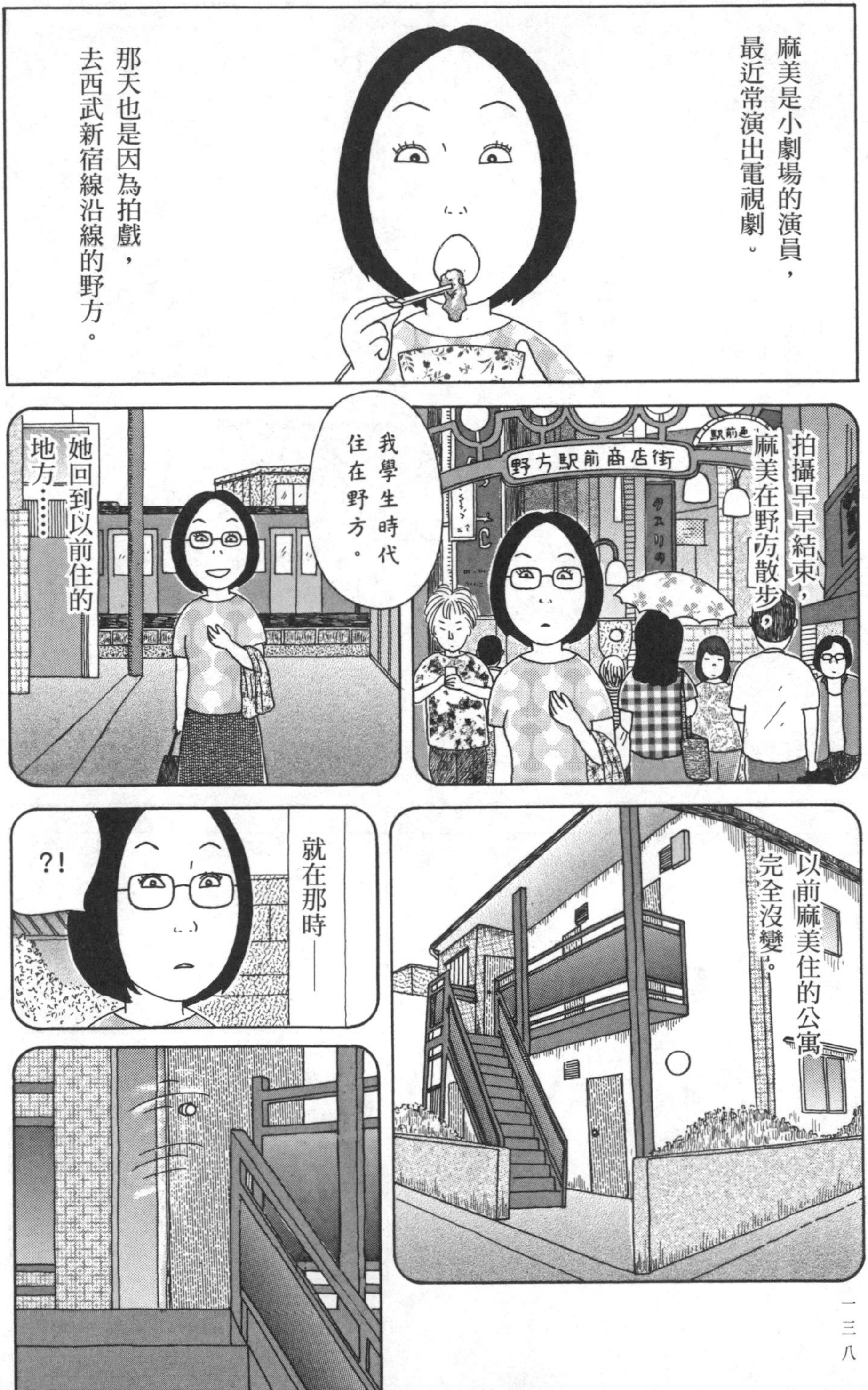
麻美是小劇場的演員，
最近常演出電視劇。
那天也是因為拍戲，
去西武新宿線沿線的野方。
駅前通
野方駅前商店街
拍攝早早結束，
麻美在野方散步，
我學生時代住在野方。
她回到以前住的地方……
以前麻美住的公寓
完全沒變。
就在那時——
?!

有個女孩從麻美以前住的地方走出來。
麻美不知道為什麼就是想跟著她。
她走進了車站附近的餐館。
過了一會兒，麻美也走進去……
A套餐，白飯要大碗的。
那時我才發現，餐館雖然翻新了，但就是我以前常去的那家店。
唔。

那時我去那家店也都點A套餐加大碗白飯……
簡直像是看見二十年前的自己。
二十年前的麻美小姐在做什麼？
參加大學的戲劇研究社，一面打工一面演戲。

兩週後——
めし
那孩子也在演戲，就是住在我以前公寓的那個孩子！
咦，妳怎麼知道？
她來參加我們下次演出的演員甄選。
這樣啊。選上了嗎？
嗯。她叫小林心，二十三歲。下次我帶她來。
新戲排練休息的日子，麻美帶著心心來了。
老闆，兩份A套餐，大碗白飯。
?!

A套餐，久等了。
嘻嘻，怎麼樣？雖然這裡的炸雞比野方的餐館小。
咦，為什麼？
我以前也常去。打工發薪的日子就去吃A套餐，當然白飯要大碗的。
咦!!
麻美還跟她說，她現在住的地方就是自己二十年前住過的，心心非常感動。
我也能成為跟麻美小姐一樣出色的女演員嗎？
這很難說……但把目標放遠是好事不是嗎？哈哈哈哈……
麻美跟心心在公演結束後，就像母女。不，跟姊妹一樣親密。

麻美演出的戲也常叫上心心。
她的工作好像慢慢增加了。
太好了，可以上電視了。
嗯……
……
心心妳怎麼了？
我男友……回熊本去了。
?!

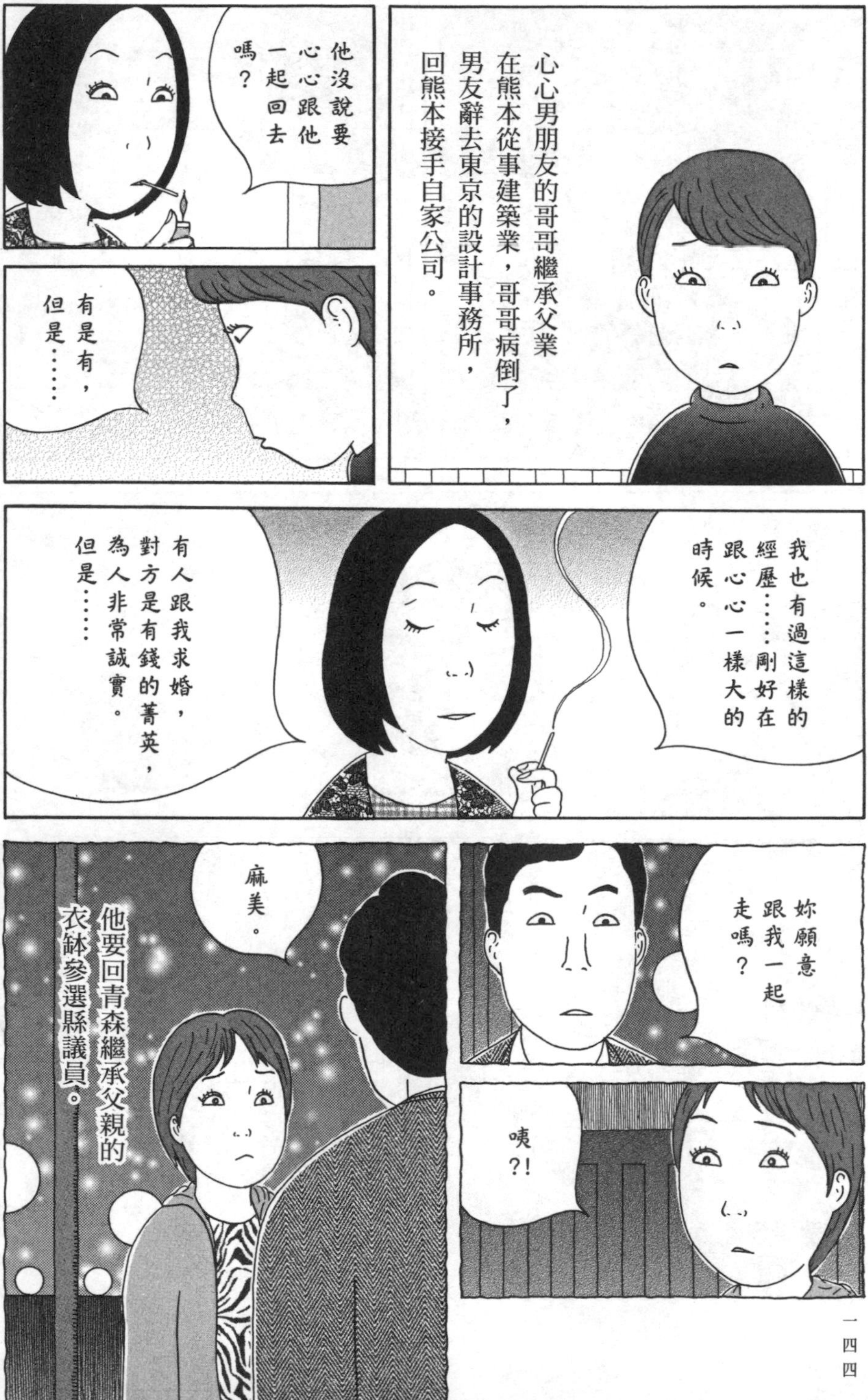
心心男朋友的哥哥繼承父業
在熊本從事建築業，哥哥病倒了，
男友辭去東京的設計事務所，
回熊本接手自家公司。
他沒說要心心跟他一起回去嗎？
有是有，但是……
我也有過這樣的經歷……剛好在跟心心一樣大的時候。
有人跟我求婚，對方是有錢的菁英，為人非常誠實。但是……
妳願意跟我一起走嗎？
咦?!
麻美。
他要回青森繼承父親的衣缽參選縣議員。

我沒跟他走……
因為那時我被選為下次公演的主角，覺得事業正要起飛，而演員是我的天職。
妳不後悔嗎？
完全不。
這樣我才能認識心心，做自己喜歡的事我覺得很幸福。來，喝吧！
啊，謝謝。
……
結果心心也選擇演戲，現在專注於舞台演出。

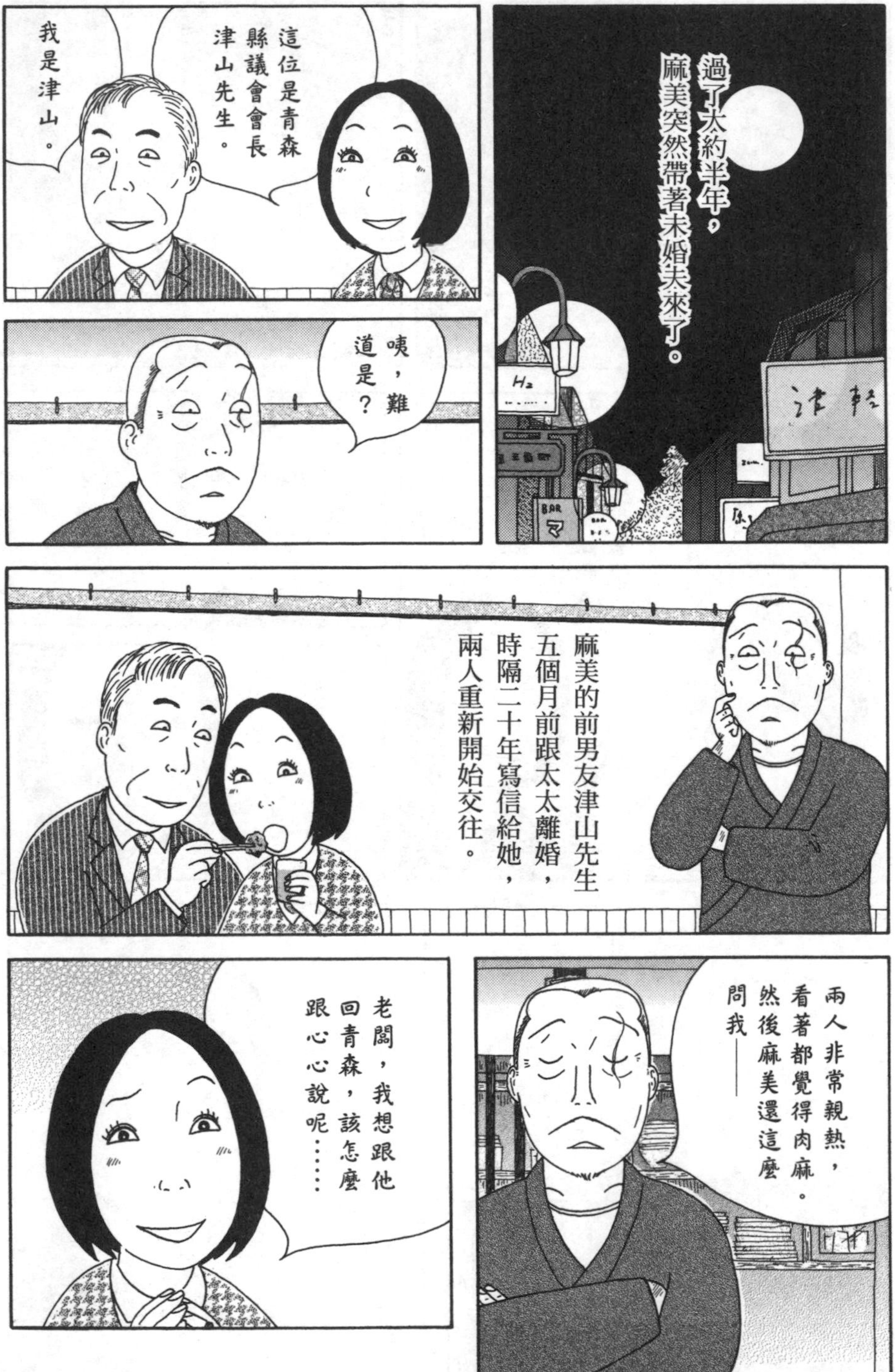
過了大約半年，麻美突然帶著未婚夫來了。
這位是青森縣議會會長津山先生。
我是津山。
咦，難道是？
麻美的前男友津山先生五個月前跟太太離婚，時隔二十年寫信給她，兩人重新開始交往。
兩人非常親熱，看著都覺得肉麻。然後麻美還這麼問我——
老闆，我想跟他回青森，該怎麼跟心心說呢……

深夜食堂YY0317

深夜食堂17

作者

安倍夜郎（Abe Yaro）

一九六三年二月二日生。曾任廣告導演，二〇〇三年以《山本掏耳店》獲得「小學館新人漫畫大賞」，之後正式在漫畫界出道，成為專職漫畫家。

《深夜食堂》在二〇〇六年開始連載，隔年獲得「第五十五回小學館漫畫賞」及「第三十九回漫畫家協會賞大賞」。由於作品氣氛濃郁、風格特殊，四度改編日劇播映。同時於二〇一五年首度改編成電影，二〇一六年再拍電影續集。

譯者

丁世佳

以文字轉換糊口二十餘年，英日文譯作散見各大書店。對日本料理大大有愛；一面翻譯《深夜食堂》一面照做老闆的各種拿手菜。

裝幀設計　黑木香
美術設計　佐藤千惠+Bay Bridge Studio
版面構成　兒日
內頁排版　黃雅藍
手寫字體　鹿夏男
責任編輯　王琦柔
行銷企劃　鄭悅君
版權負責　陳柏昌
副總編輯　梁心愉

初版一刷　二〇一六年十月三日
初版七刷　二〇二〇年四月九日
定價　新臺幣二〇〇元

ThinKingDom 新経典文化
發行人　葉美瑤
出版　新經典圖文傳播有限公司
地址　臺北市中正區重慶南路一段五七號一一樓之四
電話　02-2331-1830　傳真　02-2331-1831
讀者服務信箱　thinkingdomtw@gmail.com
部落格　http://blog.roodo.com/thinkingdom

總經銷　高寶書版集團
地址　臺北市內湖區洲子街八八號三樓
電話　02-2799-2788　傳真　02-2799-0909
海外總經銷　時報文化出版企業股份有限公司
地址　桃園市龜山區萬壽路二段三五一號
電話　02-2306-6842　傳真　02-2304-9301

深夜食堂 / 安倍夜郎作 ; 丁世佳譯. -- 初版. --
臺北市 : 新經典圖文傳播, 2016.10-
148面 ; 14.8X21公分

ISBN 978-986-5824-66-2（第17冊 : 平裝）